末日時在做什麼？能不能再見一面？

5

枯野 瑛
Akira Kareno

illustration ue

Kadokawa Fantastic Novels

末日時
在做什麼？
能不能
再見一面？

contents

characters

Do you have what THE END? May I meet you once again?

穆罕默達利・布隆頓

單眼鬼（Cyclops）。科里拿第爾契市綜合施療院的醫師兼研究員。
以往負責調整夢見「徵兆」的黃金妖精。

納克斯・賽爾卓

鷹翼族（Falcon）。隸屬護翼軍第五師團。
費奧多爾之友。

歐黛・岡達卡／歐黛・傑斯曼

艾爾畢斯國出身的墮鬼族。費奧多爾的姊姊。

瑪格莉特・麥迪西斯／「斯帕達」

戴著奉謝祭面具遮住真面目的嬌小少女。
暱稱為瑪格。歐黛稱呼其為「莉妲」。

愛洛瓦・亞菲・穆爾斯姆奧雷亞（黃金蜜酒）

黃金妖精。約莫三十年前殞命的成體妖精兵。

納莎妮亞・維爾・帕捷姆

黃金妖精。約莫三十年前殞命的成體妖精兵。

艾陸可・霍克斯登

黑燭公（Ebon Candle）、紅湖伯（Camine Lake）和翠釘侯（Jade Nail）三尊地神（Poteau）所跟隨的星神（Visitors）。

史旺・坎德爾

大賢者。曾以咒蹟師（Thaumaturgist）身分與星神戰鬥過的成員之一。

威廉・克梅修

曾以準勇者（Quasi brave）身分與星神戰鬥過的成員之一。
史旺稱其為「黑瑪瑙劍鬼（Black Agate Swordmaster）」。

〈沉滯的第十一獸（Croyance）〉

〈十七獸〉。
遭受衝擊後會進行侵蝕的黑水晶。
現在已覆蓋整座三十九號島，
正要侵蝕三十八號島。

費奧多爾・傑斯曼

艾爾畢斯國出身的墮鬼族（Imp）。
護翼軍的前四等武官。喜歡甜甜圈。

緹亞忒・席巴・伊格納雷歐

黃金妖精（Leprechaun）。成體妖精兵。
隸屬護翼軍第五師團的上等相當兵。

菈琪旭・尼克思・瑟尼歐里斯

黃金妖精。成體妖精兵。從人格崩壞狀態奇蹟生還，與費奧多爾一同行動。

潘麗寶・諾可・卡黛娜

黃金妖精。成體妖精兵。
隸屬護翼軍第五師團的上等相當兵。

可蓉・琳・布爾加特里歐

黃金妖精。成體妖精兵。
隸屬護翼軍第五師團的上等相當兵。

娜芙德・卡羅・奧拉席翁

黃金妖精。成體妖精兵。
現為隸屬護翼軍第二師團的上等相當兵。

菈恩托露可・伊茲莉・希斯特里亞

黃金妖精。前妖精兵。
幾年前離開了妖精倉庫，然而……

艾瑟雅・麥傑・瓦爾卡里斯

黃金妖精。資深妖精兵。相當二等武官。

莉艾兒

年幼的黃金妖精。

妮戈蘭・亞斯托德士

食人鬼（Troll）。奧爾蘭多貿易商會派來擔任六十八號島妖精倉庫的管理員。

葛力克・葛雷克拉可

綠鬼族（Bogre）打撈者。
隸屬第二師團的三等機甲技官。

「起源的故事」
-unknown beast-

這是有一點古老的故事。

在久遠的過去，這個世界只存在著灰色的荒野和住在其中的〈原始獸群〉。然而，來自遙遠彼方的星神將整個世界改頭換面，做成與自家故鄉相似的形貌。

星神將陸地與海洋分開，用灰色的沙揉製成草木動物等為數眾多的生物。並且在最後以星神本身和〈獸群〉為素材，創造出了所謂的人族。

奉星神之命實際進行這一連串作業的，是被稱為地神的從屬神族。他們即是控制船隻穿梭於星群之間的機構，創造、維持、營運獨立閉鎖世界的能力正是他們的根本意義。

地神總共有三尊，分別為黑燭公、紅湖伯與翠釘侯。

在五百年前的戰役中，有兩尊地神從地表消失了。

長久以來，這片天空都停留在只有黑燭公一尊地神的狀態。因此，懸浮大陸群(Regulu Ere)這個閉鎖世界的維持與營運，一直都是靠這尊地神及大賢者的力量來進行的。

姑且不談黑燭公，大賢者並不是永恆的存在。雖說不老，但並非不滅，即使無限接近於不死，也並非是不衰。而且說到底，要以「人」（他有時候會如此自稱）之身持續模仿神的偉業，對他而言未免太過艱辛了。

這樣的艱辛持續了五百年。

這樣的艱辛沒辦法再持續下去。

如果不盡快減少懸浮島的數量以降低負擔的話，懸浮大陸群本身可能會化成泡影。如今已經被逼至如此地步了。

直接讓懸浮島墜落的話，不用說當然會造成大量死傷。必須預先為這些被趕出住處的人找到安置之處才行。黑燭公與大賢者立定了一個荒謬的計畫——「再次開拓失落的大地」。他們做好覺悟，事到如今，不管要付出多少犧牲，不管會被〈獸〉奪走多少生命，都非得讓這個計畫成功不可。

†

五年前，紅湖伯從地表的牢獄中獲得釋放。

於是，他們看到了希望。

只要聯合兩尊地神之力，維持懸浮大陸群就會變得相當輕鬆。儘管紅湖伯幾乎失去了所有力量，但還是能夠得到百年以上的充裕時間。

他們要利用這段時間去找出最後一尊地神——翠釘侯。如此一來，過去幾千年維持著繁極一時的地表世界的條件就齊全了，想必可以讓懸浮大陸群作為一個半永久性的空中箱庭保留下來。

紅湖伯一開始的主張原本是「趕快捨棄這種末日世界，修好星船後就前往下一個目的地」，但他不能違抗主子星神的一句「不行」。

†

然後，三年前。

有個特大號貨物被運進了二號懸浮島。

「耶咿——！」

紅髮的稚嫩少女——以此為外型的星神在奔跑。

她跳了起來。

砰的一聲，全身撞到沙岩表面上。

她就這樣維持著雙手雙腳大張的姿勢滑落下來。

奈芙蓮回頭一看。那個似乎用力撞上去的鼻頭紅得很徹底。

「好痛。」

那是當然的。奈芙蓮這麼想著。

本來的話，星神是世界之外的來訪者，據說所有屬於這個世界的物理法則都無法對其造成傷害。但是，這個小小的星神在各方面都完全融入了這個世界，或許那樣的理論也已經無法適用在她身上了。

像是魂魄碎成粉末，還有遭到瑟尼歐里斯的詛咒而被強制變成「屍體」，以及那個詛咒稍微解除了一點等等。儘管聽說她身上發生過種種狀況，但在奈芙蓮眼中，她只是一個普通小孩，也就是說，和妖精倉庫的眾多同族妹妹差不多。總是朝氣蓬勃，要人費神應付她們的任性，令人又愛又恨的。

奈芙蓮輕輕拍掉沾在她臉上的沙土。雖然有點腫起來了，但沒有任何擦傷。她剛才分明狠狠地擦撞過粗糙的壁面，不知是否該佩服她真不愧是神明。

「翠釘侯……我的老同胞啊……」

一道宛如遠雷般的低沉嗓音傳來。

車輪嘎唧滾動的聲音響起，一顆巨大黑色骷髏頭正往這邊接近。要說得更精準一點的話，就是一臺載著巨大黑色骷髏頭的推車正往這邊接近。

「雖說已經面目全非了，但能再度用這雙眼睛看到你的模樣，我可是很開心呢。」

「你有眼睛嗎？」

巨大骷髏頭的巨大眼窩內，當然沒有填著什麼眼珠。

「……這是一種心情，不要在意那種細節啦。」

骷髏頭小聲地表達抗議。

「老夫該老實地感到高興嗎？」

穿著白色長袍的老人一邊用骨節明晰的手指摸著下巴，一邊發著牢騷。

「儘管早就捨棄怨恨與執著了，但包含老夫的性命在內，給這廝奪走太多太多東西了。老夫至今還忘不了被這廝刺中而氣絕時的記憶。」

奈芙蓮抬頭怔怔地望著他的側臉。這名嚴肅老人的臉上，浮現出與他不相襯，混雜著幾絲苦澀的表情，彷彿是再度見到了不好對付的老友一般。

『不過嘛，那種事也不重要啦。』

一條緋色空魚好似徜游於空中，飄然往那樣事物接近。

「不重要是什麼意思？」

『就是打從心底覺得不重要啦。話說回來，這傢伙到底發生什麼事了啊？』

空魚沒有像少女剛才那般撞上去，而是用鼻尖輕輕戳了戳沙岩表面。

『好歹是尊地神，好歹是為星群指引去路的引導者，怎麼變得像是個年代久遠的屍體啊？又是那個造成的嗎？叫什麼瑟尼歐里斯的蠻横之劍所幹的好事？』

空魚用中年女人的嗓音如此抱怨著。

奈芙蓮一邊當作耳邊風，一邊重新看著眼前這樣事物。

這看起來是一塊大到必須仰望的灰色沙岩塊。

除此之外什麼也不是。

想必是一直待在地表沒有移動，並且時間長到足以讓沙粒結成岩塊吧……可以做此推測。只不過，原因還不清楚。

「——不，這不一樣。」

連喉嚨都沒有的骷髏頭巧妙地發出低吟聲。

「這表面上的詛咒恐怕是用莫烏爾涅刻印的。」

『那是什麼？』

「如果說瑟尼歐里斯是『用死亡了結故事的劍』，莫烏爾涅就是『用羈絆發展故事的劍』。」老人繼續說明。「那似乎是一把在各種層面上都很難使用的劍，我聽說在當時的地表上是收在專用的靈廟裡，幾乎變成擺設了。」

「就是那把劍。我在很久以前有過一次交手經驗，真的很吃不消。不過，莫烏爾涅的詛咒並不會讓不死者保持在死亡狀態，所以和這種情況無關。」

『那到底是怎樣啊？』

骷髏頭嘆出一口氣。

「原因大概是刻印在裡頭的另一道詛咒吧。我根本不認為這會是對繭中人施展的詛咒。這是從星之窗招來異界的法則，改寫這個世界的欺瞞詛咒（Sortilege）……是星神所為。」

紅髮少女蹦跳了一下，立刻連連搖了搖頭。

「放心吧，沒有人認為是妳的錯。」

奈芙蓮輕輕拍了拍她的頭後，她搖頭的動作便停了下來。

「這樣一來，難道是尼爾斯．D．佛利拿嗎？但這就怪了，到了戰爭後期，那個男人在王都中了冒險者的陷阱，照理說應該動彈不得才對啊……」

『好啦，要猜犯人之後再猜也行。現在必須先趕緊解開詛咒，把這個貪睡鬼叫醒。』

「唔，說得也是。」

推車嘎唧前進，骷髏頭被推到沙岩前面。他一邊說著「再往右邊一點」以及「不是，太過去了，再回來一點」之類的瑣碎指示，一邊調整位置。調到他可以接受的地方後，他便說「那就開始了」，然後張大嘴巴。

無聲的咒語溢滿周遭。

每一句咒語化為高密度的詛咒，緊貼在沙岩——纏繞於翠釘侯屍骸上的詛咒之後，慢慢地，抽絲剝繭地將其削落下來。

被刻印為死亡狀態的屍體漸漸變成一般的屍體。雖然聽起來很奇怪，但地神本就是不死的存在，所以只要變回一般的屍體，應該馬上就能復活。

「……唔？」

小小聲的低吟從奈芙蓮的喉嚨裡流洩而出。

「怎麼了，**奈芙蓮**？」

「有一點……寒意。」

說出這句話後，她就察覺到自己的錯誤。並不是只有一點而已。不知何時，她的身體已經被一股足以令人震顫的惡寒給束縛住。

「……怎麼回事？」

她愣愣地看著自己失去血色的手掌。

有什麼正在發生。不對，應該說，有什麼正要發生。

無形的既視感在她心中敲響警鐘。

就在焦躁化為冷汗，從少女的額頭滑落時……

——又一隻〈第六獸(Timere)〉……？

——關於〈第六獸〉的襲擊，預測是絕對的。所以，那是別種東西。

——那種東西為什麼會在這個局面下長出來啊？

忽然之間，記憶相連而迸發了出來。

「啊……」

不幸的是，在這個瞬間，奈芙蓮才剛呼完氣息而已，正處於必須重新吸氣才能發出聲音的時間點。不管她想出聲警告還是出聲制止都需要一點時間。然而，她沒能得到時間去做這樣的事情。

†

在那天之後，二號懸浮島就完全陷入了沉默。

二號島原本就是一座幾乎拒絕所有外部干涉的孤島。如果不搭乘專用的飛空艇的話，連接近都沒辦法，甚至要從遠方看這座島也不是一件易事。因此，外部的人無從知曉當時在那個地方發生了什麼樣的事情。

就連對護翼軍高層而言，也是同樣的狀況。

大賢者不見蹤影，他們再也無法仰仗他的指示——不管是多麼位高權重的人士，不管彰顯多少閱覽權限，都得不到除此之外更多的情報。

「在互不交集的路上前進，這才是── B」
-dancing fairies-

1. 白髮少年與黑衣某人

費奧多爾．傑斯曼無能為力。

歸根究柢，這個事實就是他的出發點。

姊夫死了。

那椿大家稱為艾爾畢斯事變的莫大悲劇，一切罪責都被歸咎在姊夫身上。他遭到狂熱地高聲撻伐的群眾包圍，置身無數刀刃與火焰之中，為贖罪而獻上性命。姊夫無所不知，無所不能，無論何時都充滿自信，一直以來都是個正直的人。而且也很疼愛小舅子費奧多爾，擔心他的同時也抱予期待，不時為他指引明路。當這樣的姊夫被奪走所有尊嚴，將要消逝在這世界上時，費奧多爾什麼也做不到。他只能用雙手遮住臉，但還是從指縫間扎扎實實地見證著眼前的鮮血、刀刃、火焰以及死亡。

女兒死了。

就在前陣子，她犧牲自己的生命去消滅〈沉滯的第十一獸（Croyance）〉。她獨自一人對上那種會將接觸到的一切東西同質化並據為己有，有如惡夢一般的怪物。而這都是因為她敬若至親的費奧多爾，對於眼前那東西說了「討厭極了」這句話。僅僅以此為由，這個才剛出生的妖精也表示自己討厭那東西，然後揮動起撿來的鐵棒，催發魔力，用盡全力釋放出無法控制的巨大力量。費奧多爾什麼也做不到。他雙腳受傷動彈不得，即使伸出手也碰不到她，只能眼睜睜地看著那孩子在前方逐漸被一片白光吞沒的背影。

他差點失去重要的……可能也是他所心儀的女孩子。

當**女兒**的身體化為光亮時，她把自己的身體當作盾牌來保護費奧多爾以及另一個**女兒**。在將一切粉碎溶解的破壞漩渦當中，她透過犧牲自己一人，成功守護住了重要的人。並且耗盡心靈，陷入無法再甦醒的沉眠中……以結果而言，她打破了沉眠，儘管記憶和個性**多少**受到影響，她還是回來了。話雖如此，當時什麼都做不了的費奧多爾，他的罪過……自責也不會因此而消失。

那些重要的人。

那些如同家人一般，或者說應該已成為一家人的人。

費奧多爾接連眼睜睜地失去他們，自己卻莫可奈何。就連陪伴在負傷戰鬥的人們身邊，代其承受傷害這種事都做不到。

費奧多爾無能為力。

而且費奧多爾痛恨無能為力。有能力的人就去戰鬥，因此而受傷也無妨。但這不能，也不該，更不被容許當作無能者不參戰、不受傷的理由。

艾爾畢斯的人民沉醉在天真的惡意之中，同時也因姊夫之死而受到庇護；三十八號懸浮島的人民在毫不知情，未曾接獲相關消息的情況下，因**女兒**們的犧牲而逃過一劫；懸浮大陸群上的所有事物，一直以來都是基於護翼軍的功勞以及眾多的妖精兵的覺悟，才得以安然至今；還有把無知當作藉口的惡鬼，理直氣壯地活在他人的保護之下而不抱有絲毫疑問，甚至無聲地要求著更多的犧牲。

費奧多爾．傑斯曼由衷痛恨這些人的一切，以及跟他們處在完全相同立場的自己。

應該讓無能之輩赴往即使無能也能挺身而戰的戰場。

抑或是，找到能夠在那種戰場挺身而戰的途徑。

這便是費奧多爾最初的希望，也是最初的目的。

†

護翼軍的士兵之間瀰漫著一股緊巴著肌膚似的怪異倦怠感。

說到底，護翼軍並不是世間想像中的那種身經百戰的精銳兵團。就某方面而言，甚至可以說是完全相反。他們是為了對抗「來自懸浮大陸群外部的危機」而組織成形的，因此能夠發揮其力量的戰場本來就不會多到哪裡去。自從五年前杜絕〈深潛的第六獸〉的威脅後，就更不用說了。幾乎所有士兵都只透過聽課和訓練來了解所謂的戰場。

話雖這麼說，但如果是尋常的戰場——那種在他們的教科書中出現過，以驅逐或殲滅眼前的敵人為主要目標的話，倒還不成問題。然而，他們現在身處的狀況並非如此。

這群士兵現在得知的戰況大概是這樣的。首先，護翼軍的要員接連遭到殺害，而犯人盯上的下一個目標應該是某個醫師。這個醫師是相當重要的人物，連貴翼帝國也盯準他，還有個叫妮戈蘭的食人鬼目的不明地從旁干涉。費奧多爾・傑斯曼前四等武官參與其中一事可能也差不多該傳遍全軍了。無論如何，護翼軍有不能將醫師交給這些人的理由。他們接到命令，要麼盡快找到醫師看管起來，要麼**封住他的口**避免他說了什麼不該說的話。

至於要員遭到暗殺與醫師之間的關聯、醫師知道些什麼、帝國和其他傢伙為何會盯上他等等諸如此類的事情，八成都沒有讓士兵知道。這些是機密，是必須盡可能控制知情者人數的情報，應該只有在部分指揮官之間流通才對。

連理由都不知道就與全貌未明的傢伙敵對，在沒有完整掌握住勝利條件的情況下應戰。而且戰鬥的舞臺是在城市中，多多少少對民間造成了一些——或者超出其上的損害。護翼軍的士兵好歹是打著「守護者」的名號，這樣的狀況想必會傷及他們的自尊心。而且他們的實戰經驗還不夠多，不懂得如何消化這種煩悶的心情。結果，無從排解的疲勞就這樣從身心噴發出來了。

職場上的士氣對所有工作者而言，都是極為重要的問題。雖然他們這樣也滿引人同情的，不過……

「——對我來說反倒正好就是了，畢竟我可是不折不扣的惡徒啊。」

費奧多爾一邊將手指伸向書架上的資料夾，一邊小聲嘀咕著。

這裡是護翼軍司令本部的第三資料室。

偌大的室內塞滿了無數的書架，書架上則雜亂地塞滿了無數的紙本資料。就連屬於身材較為纖瘦的墮鬼族費奧多爾都覺得擠得難受。換作是身形龐大的種族，大概連進都進不來吧。儘管這個資料室實在缺乏機動性，但就現在而言，這也是很值得慶幸的一點。

費奧多爾目前是通緝犯，而這裡是發出通緝令的軍隊據點。要單槍匹馬潛入敵陣中心的話，可以預想這會是極其艱難的路程，做再多的準備和防範都不嫌過分……雖然他是這麼想的，但由於先前提到的原因導致士兵欠缺專注力，而且在這個裝潢得氣派豪華，很有本部風範的軍用地內，出乎意料地處處皆是藏身地點。

當然，就算如此，這裡的堅固程度也不是一般賊人有辦法下手的。但費奧多爾本來就很擅長做這種見不得人的勾當，再加上曾經兩度潛入第五師團那邊的零號機密倉庫，讓他偷雞摸狗的本事又得以更加精進。

「我怎麼老是在增進這種往後人生用不太到的技能啊……」

談到安全措施，比起看守和鎖之類的，這間雜亂至極的第三資料室本身還比較棘手。就算成功進到這間資料室，也不可能把所有文件打包帶走。必須從宛如大沙漠一般的文件海之中撈出他要的機密。不過……

他從口袋裡拿出糖果，撕開包裝紙後放入口中。

隨著在舌尖泛開的甜味，一股活力也注入大腦裡。

「基本格式是S-CP，密鑰則是……唔，應該是紅(Rouge)53吧。」

隸屬護翼軍的這五年期間，他並非只是認真地克盡職責而已。他一直以來都小心謹慎地持續尋找著機密。在這段過程中，軍方主要在使用的暗號種類，他都逐一調查出破解方法。本來只透露給二等以上諜報技官的密鑰，他也幾乎都記在腦中。

所謂的解讀暗號，就是與諜報隊鬥智。費奧多爾不認為自己會輸。持武器鬥毆的野蠻戰鬥不是他的專長——但也不是他的弱項——不過，若是這種騙來騙去，瞞來瞞去的腦力角逐戰，他便可以抬頭挺胸地斷定這是自己的專長。

他找出目錄研讀一遍，大致掌握住什麼東西放在哪裡後，便開始移動。皮革面的鞋底踩在地上並不會發出聲音，取而代之的是紙張摩擦的細微聲響掠過耳際。

他停下腳步，抬起頭看書架，尋找他要的書脊。

「是……這個？」

他翻開檔案，瞇起眼睛，視線追逐著密文。他沒有時間慢慢做筆記，只能飛快地瀏覽過去，並嘗試掌握概況。

他想起一句話。

——已經連接到那個詞彙了吧。我指的就是莫烏爾涅之夜。

唯一一個擁有妖精調整技術的男人——穆罕默達利．布隆頓醫師。就在前幾天，他帶著一股無從掩藏的恐懼，說出了這句話。而且，他之所以性命遭受威脅，似乎也是由於他是那個「莫烏爾涅之夜」的知情者之故。

包含穆罕默達利在內，已經有好幾名重要人物只因為知道「那一夜」，而接連遭到殺害。費奧多爾判斷這個機密便是具有如此高的優先度，甚至關係到懸浮大陸群所有島嶼的興衰。

「找到了。」

他繼續閱覽手上的檔案。上面片斷零星地記載著他所要的情報。

遺跡兵器（Dagr Weapon）莫烏爾涅，為古時人族製造的兵器之一，於百年以前挖掘出土。座標以現在基準來說，是位在高度零地帶（Grand level）W29-NGD——據說是人族與星神軍勢如火如荼地交戰的地方。此外也在相對較近之處發現了還算詳細的兵器資料，以人族遺產而言是很少見的情況。所以，當能夠發揮出其武器價值時，便有辦法預估會帶來什麼樣的效用。

這把兵器的異稟（Talent）是「締結穩固羈絆」，會在使用者與其夥伴之間，強制發動極為強力的共鳴能力。他們會如同字面意義地合力作戰，無論敵人、榮耀、傷害還是性命，全都是一同承擔，一同分享——

「……很好。」

他想知道的事情，都頗為具體地記載在上面。

潛入這間資料室時，他並沒有期待能獲得這麼詳細的情報。哪怕是多微小的事物都行，只要能找到踏出第一步的一點線索就好了——他就抱著這種程度的想法，決心潛入護翼軍司令本部。這麼一想，也可以說這次得到了超出預期的成果。

「遺跡兵器莫烏爾涅。」

如果這上面寫的都是事實，那麼這就是一把極為強大的武器。但終究也只能說是一把極為強大的武器罷了。其他遺跡兵器同樣是專屬個人的近戰兵器，且又具有足以扭轉戰況的威力。也就是說，「遺跡兵器莫烏爾涅」並不代表「莫烏爾涅之夜」本身。另有其他讓穆罕默達利感到畏懼，甚至主動選擇用死亡保持沉默的危險對象。

不過，暫且撇除這點不談——

「締結穩固羈絆的劍。」

沒有強者與弱者的區分。

也沒有做好覺悟者與未做好覺悟者的區分。

這把兵器會不由分說地將一切相關人物都拉上戰場。

費奧多爾・傑斯曼的嘴邊勾起一抹隱晦不明的笑意。

即使是弱者之力，這把劍也會將其搬往戰場，讓弱者也要一同待在強者奮戰的地方。弱者會和強者一起受傷，也要賭上自己的性命。強者不用再被逼著獨自承受痛楚、死亡的危險、苦難和悲傷。

「這豈不是太棒了嗎？」

沒錯，他真想將這把劍塞給之前那個緹亞忒。

口口聲聲要犧牲生命去守護家人的她，只要手上拿著這把莫烏爾涅，就絕對無法實現願望。她必須和那些重要的家人同心協力，一起尋找活下去的道路。這樣的發展讓費奧多爾覺得非常爽快。

「好。」

解讀暗號需要一定程度的專注力以及時間，但這裡是敵陣，不可能一直悠哉地賴著不走。費奧多爾認為到外面再瀏覽後續內容也不遲，便把檔案夾在腋下，離開了資料室。

一張便條紙從檔案的縫隙間滑落出來。

費奧多爾渾然未覺。

神不知鬼不覺地悄然掉在資料室地板的這張便條紙上，潦草寫著未加密的一行字：

「讓我死吧」。

†

他避開人的氣息，選擇在無人的走廊上跑著。

止痛藥的藥效退了，左邊大腿與太陽穴深處都因為不同的理由而開始發疼。

（蘋果……）

大腿的疼痛又讓他憶起另一種內心的痛楚。他知道現在不該這樣，便甩了甩頭，集中精神在這個狀況上。

旁邊門扉的門把突然毫無徵兆地轉動了起來。

這一帶的門都相當厚重，聲音傳不過去，想必是有特別注重隔音效果。既然聲音傳不過去的話，隔著緊閉門扉的兩側也感覺不到彼此的氣息。

他目測到走廊前端為止的距離，計算自己能否搶在門打開之前跑過去，然後得出風險太高的結論。他忍住想咂嘴的衝動，竄進身邊擺設品的背後。

「——以說，確實沒錯吧。」

門打開了，開始傳出說話的聲音。

費奧多爾忍痛壓低呼吸聲，並且祈禱著。雖然不知道對方是誰，但拜託速速離開吧。

「當前惡徒就夠多了，沒想到還必須擔心至天那群傢伙啊。聽了都要鬧胃疼了。」

「有需要的話，我可以介紹一款很有效的藥喔。」

「請容我拒絕，貴種族的藥對我們的舌頭來說太苦了。」

費奧多爾怕被發現，因此只從擺設品背後探出頭，確認從房間走出來的人的樣貌——接著，在看到筋骨健壯的背影與雄偉的黑山羊後腦杓後，他立刻縮回了脖子。不會錯的，那就是護翼軍第一師團總團長——卡格朗．札巴塔爾亞耶特。

第一師團儘管隸屬於守護大陸群的護翼軍，但只要一判斷友邦是「危害大陸群的存在」，他們就會將矛頭指向對方，這便是他們的工作。而第一師團的頂端人物，正是眼前這個由黑色肌肉組成的集合體。

被發現的話，絕對必死無疑。

憑那一身肌肉，肯定只要用兩根手指頭就能輕鬆擰斷一兩個墮鬼族。費奧多爾堅信這一點，讓身體又縮得更小。

快點走開，去他看不見的地方吧。他如此祈禱著。然而，卡格朗一等武官的聲音停留在原地，沒有移動的跡象。

「說到底，莫烏爾涅究竟是什麼東西啊？」

他拋出這個問題給談話的對象。

「我知道那是一把遺跡兵器的名字，也確認過資料了。據說是很強的劍，但並沒有放在精靈的倉庫裡，而是被長期封印了起來，至於封印的原因則不得而知。這把劍和遺跡兵器適用精靈的調整技術之間，到底有什麼關聯？那是足以讓『桃玉的鉤爪（Rosy Claw）』岩將輔佐官這樣的男人選擇死亡的威脅嗎？」

「——真令人意外啊。按你的性子，感覺很像會說『軍人不會要求命令背後的理由』這種話。」

「這要視情況而定。如果惡徒繼續增加，戰況蘊藏混沌的話，我們遲早會被迫要做出重大的判斷與抉擇。要是到那個時候還一無所知，便難以避開錯誤的泥沼。」

「可是，一旦知道了內情，你自己恐怕也性命不保喔。」

「為了克盡職責，就算要犧牲生命我也在所不惜。對兵將來說，為此慷慨就義才是正道。」

「——原來如此，這種主張確實很符合你的作風。」

他談話的對象，也就是戴著憲兵隊徽章的兔徵族（Haresanthropos），感到傻眼似的嘆了口氣。

「其實我知道的也不是很詳細啦。換句話說，我得到的資訊並沒有到必須賠上性命的地步，能說的事情很有限。不過，要是和你手頭已有的資訊結合起來的話，風險就會大為提高。如果這樣也沒關係的話，我便告訴你吧。」

一陣短暫的沉默。

「首先，莫烏爾涅是極度危險的存在。」

兔徵族開始娓娓道來，費奧多爾嚥下一口唾沫。

「既然是劍，那就是近身戰武器吧？」

「每一把遺跡兵器，都是將數種護符（Talisman）捆束起來所變成的另一種護符，劍的架構本身倒沒那麼重要。」

他們兩人邊說邊邁步前進。如同費奧多爾所祈禱的，他們往走廊深處走去，和費奧多爾的藏身處是反方向。

「再加上很麻煩的是，莫烏爾涅目前不歸護翼軍所有。這把兵器原本是安置在護翼軍嚴謹的管理之下，但前陣子在運輸途中遭到搶奪，如今落在賊人手上。飛空艇『小孢菌』的那件事，你也有接到相關報告吧？」

聲音逐漸遠去。

「當然有。那是發生在近空的事件，雖然屬於管轄外，不過我還是有耳聞大致的情況。據研判賊人是帝國的同夥，他們劫走了護翼軍運送的危險物資。」

「被劫走的物資名單中，就有莫烏爾涅的本體。」

他的聲音聽起來有些憤慨。

「而且，封住莫烏爾涅的劍鞘當時已有所破損。現在那把劍應該恢復了十足十做為遺跡兵器與護符的功能。『桃玉的鉤爪』岩將輔佐官似乎是在透過祕密管道得知這個情報的隔天，選擇自我了斷的——」

他們兩人的聲音消失在走廊轉角的另一側。之後過了十秒左右的時間，費奧多爾的身體才終於想起該怎麼呼吸。他深深地吸一口氣，然後吐出來。

現在依然在敵陣裡，不能卸除繃緊的神經。然而，他還是無法阻止身體放鬆下來。

他是很想繼續聽下去，但並不打算追在那兩人後面。他實在不覺得自己有辦法在移動的同時，一路藏身到底。因此，他決定回到當初的目的。先逃離這裡，回到安全的地點與菈琪旭會合，然後解讀帶出來的檔案上的密文。

他站起身——雖然膝蓋使不上力，但還是勉強使其活動起來——開始在走廊上奔跑。事先準備好的逃脫路徑浮現在他的腦海中。要避開剛才那兩人從這裡離開的話，勢必得繞一下遠路了——

咚的一聲。

他正要走過轉角處時，便撞到某個輕盈柔軟的東西。由於雙方體重差異，情況就變成費奧多爾把對方給撞飛出去了。

費奧多爾暗叫不妙。

他沒有聽到腳步聲，也沒有感覺到氣息。他很確定這條走廊上沒有士兵經過。儘管如此，他剛才確實撞到了某個人。

只見視線前方，有個披著黑色外套的矮小人物。

「……刀劍（斯帕達）？」

他不知道對方的真名，所以脫口喊出了這個假名，並在同時把臉別開。

雖然當事人沒有給予肯定，但費奧多爾認為這個人應該是栗鼠徵種（Squirrelanthropos）。這支種族身材矮小且身手敏捷，但鮮少出現在人前。據說他們還有不能給家人以外的人看到樣貌的規定。

其實，他剛才瞥到了一點點。雖然「斯帕達」現在頭上蓋著斗篷的兜帽，但臉上並沒有戴著那張死者面具。只要從正面認出這個人的樣貌，必定會連同對方的真面目都一起收入眼中。

「費奧多……爾……？」

對方從被藥灼傷的喉嚨裡擠出呆愣的嗓音，這麼問道。

「……哦，真巧，你也潛進來了啊，是我姊的指示嗎？」

他就在移開眼神的情況下跟對方說話。

「為什麼……」

「我們兩個都把自己的氣息隱藏了起來，所以才沒發現彼此吧。你和我都很不走運呢。」

他面朝旁邊露出苦笑，並伸出手。

他已經對姊姊宣戰了。而根據那個騙人精的說法，這個「斯帕達」是她的朋友。換句話說，他沒有理由跟這傢伙打交道。他心中明白這一點，然而——

(就算如此，我也沒必要到處樹敵吧。)

他一邊如此說服著自己，一邊拉起那隻長著黑色短毛的小手。

忽然間，一股莫名的熟悉感掠過心頭，又消逝而去。

(……咦？)

他想確認這股感覺到底是什麼來由，但現在並不是這種時候。回頭一看，果不其然有幾名士兵就站在那裡。每個人的眼神都明顯帶有警戒，正目不轉睛地盯著他們看。

「糟了！」

他就這樣拉著「斯帕達」的手，飛奔而起。

「費奧多爾？」

「趕緊閃人了，你和我的處境都一樣，要是被抓到就完蛋了吧！」

他的侵入計畫直到剛才為止都進行得相當順利，卻因為遇到了這個人，導致一瞬間就落入這種困境。他覺得事情變得很麻煩，簡直令人受不了。

但是，不知為何，他並不想放開這個人的手。

他們本來就不是適合比拚體力的種族。另一方面，第一師團的士兵則像是強悍種族的樣品展覽會一般，個個都是跑上三天三夜也不會喘口大氣的傢伙。更何況，對方完全占有地利之便。即使就這樣逃出了本部，要是只會老老實實地拖著沉重的雙腳逃跑的話，那就不可能徹底甩掉所有的追兵。

所以，在離開軍用地之前，他借用了一臺自走車。

這臺車的車身較小且呈圓弧狀，車輪和車軸都顯得很不堅固，不管怎麼看都不像是戰鬥用車，應該是為了在市內移動而準備的車子。估判這臺車沒辦法在未經整修的野外奔馳，也沒辦法乘載大量的重裝士兵。在防彈方面也只有採取最低限度的措施。

雖然實在不覺得這臺車有多可靠，但他沒有選擇的餘地。

坐進駕駛座後，他扯開腳邊的簡易封套，朝動力裝置精準地踢了一腳。這在不肖軍人之間是人人皆知的事情，即使沒有正規鑰匙，只要按這個步驟做，幾乎所有的軍用車都能啟動。而費奧多爾身為優等生兼不肖軍人，當然也通曉這種祕技。訣竅在於角度與膽識。

動力裝置用力地振動起來，自走車衝了出去。

「快上車！」

只見「斯帕達」縱身跳躍，一瞬過後，費奧多爾頭上的金屬車頂就傳來「叩」的一聲撞擊聲響。

「要出發嘍！」

一陣猛烈加速，感覺前輪都快要浮起來了。

自走車以槍彈迸發之勢，奔馳而出。

†

科里拿第爾契市的街景正以驚人的速度不斷向後方流逝。

車輪滾過石版路，發出難以形容的噪音直鑽入耳。現在正大肆狂飆的這臺車，速度遠比設計時預估的還要快。整臺車都劇烈地上下搖晃著，簡直像是在搖搖杯裡面一般。他覺得屁股痛得要命，但要是從座椅起身的話，可能一瞬間就會被拋出駕駛座。

他用眼角餘光確認後視鏡，看到後面有幾臺同型號的自走車。要追自走車的話，就該派出自走車，這實在相當合情合理。護翼軍遵從這個理所當然的道理，乘勢展開雙方條件相同的追逐戲。這也沒什麼不好，這種發展至少比全靠體力的你追我跑好太多了。

「費奧多爾？」

頭上傳來可以解釋為警告，也可以解釋為慘叫的聲音。

「車子很晃，小心別被甩下來啊！」

雖然現在才提醒為時已晚，不過費奧多爾還是這麼喊了回去。這對一般人而言是很強人所難的要求，但既然他（她？）會使用魔力的話，費奧多爾相信應該勉強撐得住。

唉，真是的。這種情況完全跟映像晶石的經典劇情一模一樣啊。

費奧多爾想起以前覺得很好看的那部劇。小惡黨盜取寶藏，開著自走車在古都街上逃跑，而軍人緊追在後。攤販一一被撞翻，街上人們都尖叫著到處亂竄。

……不對，要說一模一樣是言過其實了。如果把攤販統統撞翻的話，他的良心會過意不去，所以盡全力能閃則閃。最重要的是，街上人們反應寥寥，會像映像晶石裡一樣受到驚嚇的頂多一半左右。其餘人就算看到擾亂古都安寧的暴衝車在眼前，也只是無動於衷地呆呆望著而已。

「唔……」

由於有這些不會自行閃躲的人，要在避免輾到他們的情況下驅車而行，並不是一件易事。費奧多爾在千鈞一髮之際轉動方向盤，大力擦撞到民家的牆壁。

在不斷重複同樣行為之下，他很快就認不得路了。

科里拿第爾契市的道路本就錯綜複雜，對於他這個外來者而言，就是一座迷宮。但對於駐留在此的第一師團士兵而言，這裡就等同自己的家。再這樣下去的話，對方肯定會繞到前面攔截——

「——劍，B6！」

車頂上傳來「斯帕達」的聲音。

在費奧多爾理解這句話之前，一發槍彈就在旁邊的石版路上射出了一個坑洞。不出他所料，似乎有軍服人影已經繞到前頭，可以看到對方在側邊巷子裡架起狙擊槍備戰。

「唔……」

「堡壘，G8！」

他搞不懂「斯帕達」在喊些什麼。應該說，他現在沒有多餘的心力慢慢閒聊，這種狀況也不適合玩猜謎遊戲。所以那種意義不明的話語他沒認真聽進去，而是將精神集中在操作方向盤上——

（——咦？）

宛如天啟一般，他腦海裡浮現出一個假設。這個該不會是……

遲疑一瞬，他的身體行動了。先是緊急煞車，然後強行讓車身滑進一旁的小巷子裡。兩臺追擊的車輛原本要直接跟過來，卻橫撞上彼此的車身。只見兩臺車翻滾起來，雖然沒有引發爆炸，但他們就這樣從視野裡消失了。

堡壘G8。這個意思是要把「堡壘」的棋子放在G8，也就是棋盤上的隘口。這是讓處於劣勢的主將棋子逃往安全地帶的一種常見手法。

換句話說，「斯帕達」口中所喊的，是使用於棋盤遊戲中的專業術語。

在費奧多爾還小時，那種模擬古代戰爭的遊戲是他引以為傲的強項。甚至還有一段時期，他因為精讀全部的對戰譜，棋藝有所進步後，就自大地認為可以打遍天下無敵手。

「……難道說，你會嗎？」

至於是會什麼，他則沒有問。因為沒有問的必要。

「會一點點！——槍兵，P3！」

這是要費奧多爾加速，強行突破守備堅固的地方。雖然這又是一個極其強人所難的要求，但既然是他（她？）能夠看見的突破口，那麼試一試也未嘗不可。反正現在確實是陷入困境的最底部了，朝可以見到一絲光明的道路全速衝刺也是個好辦法。

費奧多爾臉上浮現笑意，用大到像是要踩斷般的力道踩下了油門。

2.「愛洛瓦」

費奧多爾．傑斯曼再次獨自上街了。

「這種工作我一個人來比較方便啦。菈琪旭小姐就好好休息吧，妳的身體不是還沒完全恢復嗎？」

他用開朗的笑容這麼說道。

她覺得他這個人真的專會講一些拙劣的謊言。他說一個人比較方便想必是真的，而且也確實是掛心身體尚未恢復的菈琪旭。然而，正是那張表情，那張不管怎麼看都精力充沛，不見一絲陰霾的笑臉，清清楚楚地告訴她，他一定在隱瞞些什麼。

費奧多爾無論是體力還是精神，應該都早就達到極限了才對。

這陣子以來，他幾乎未曾闔眼。不僅如此，他大概連像樣的休息都沒有過。她好幾次都看見他露出隱忍頭痛的表情。他的身體不在正常狀態是千真萬確的事實。

她也有想過或許留住他會比較好，又或者強行將他按倒在床上，用毛毯束縛住他，讓他睡上一覺。

「但實在不覺得他會因為遭受阻止就願意罷手啊……」

她不認為自己會在力量上輸給他。但是，依他的個性，無論遇到什麼事情，他大概都會想盡辦法逃脫出去。可能還會順帶耗損掉他更多的體力與精神。

——早晨的陽光好溫暖。

橙髮少女從四樓窗邊眺望外頭的街景出神。

她姑且也算是受到護翼軍追捕之身。話雖如此，她應該只是被視為「遙遠的三十八號懸浮島的逃兵」而已，科里拿第爾契市本來就處在麻煩的狀況當中，想必不會積極地派兵緝拿她。護翼軍現在要追捕的對象多得要命。因此，她才會沒有多作提防地站在窗邊。

而她在思考的，是剛才的課題。

她該拿外出的費奧多爾怎麼辦才好？哪個選項才是正確的？少女對自己拋出這個問題，她必須加以思考，做出選擇。

畢竟，她不可能永遠都以失去記憶為藉口，任憑自己隨波逐流。

「菈琪旭．尼克思．瑟尼歐里斯……」

她將手掌放在胸前，輕聲唸出這具身體的名字。

「出生於三十三號懸浮島，年齡為十四歲，適合的劍是瑟尼歐里斯。和年齡相仿的可蓉、緹亞忒與潘麗寶特別要好。專長是烤麵包，在烤出大量美味麵包時，會感到格外滿足……」

她像是在朗讀別人的日記一般，繼續這麼唸道。

「為了保護費奧多爾和棉花糖不受大爆炸傷害，急遽地催發出龐大的魔力。魔力如同熾火，如果是在一瞬間催起巨大火焰的話，與其說是燃燒，不如說是爆炸更為貼切。就結果而言，菈琪旭．尼克思．瑟尼歐里斯的人格不消花上時間，便立刻崩壞殆盡——」

她猛地使勁，抓著心臟附近的手又更加用力了。

菈琪旭．尼克思．瑟尼歐里斯身上發生了人格崩壞的現象，與過去的妖精兵學姊珂朵莉．諾塔．瑟尼歐里斯陷入昏迷時相同。或者應該說，比當時還要強硬與劇烈。

數日過去後，那具身體奇蹟性地甦醒過來。然而，那並不代表「菈琪旭」復活了。換句話說，消失的少女沒有就這樣原原本本地回來。妖精是來自「死亡孩童的迷途魂魄」，死者的記憶與情感都附著在魂魄上。

「這個魂魄所記住的古老記憶，以及在久遠以前死亡的其他孩子的記憶與情感，將『菈琪旭』人格所遺失的部分填補起來了——」

——沒錯，就是這樣。

她並非菈琪旭。不是可以用這個名字稱呼的人。

少女現在想起了這件事。她在夢中接觸到「菈琪旭」本人的記憶，從遠處注視並體會到那些溫柔的回憶。

目前待在這具身體裡的自己，雖然繼承「菈琪旭」的片段記憶，卻怎麼也無法接納為自己的所有物。而這個人格，另有其名。

名為菈琪旭・尼克思・瑟尼歐里斯的少女催發出爆炸性的魔力，造成人格崩壞。妖精是死靈（Ghost），可以說是精神與人格纏繞在近似肉體上的一種存在。原本按照妖精這種生物該走向的命運的話，喪失人格的妖精應該會直接消滅才對。

但是，菈琪旭・尼克思・瑟尼歐里斯崩壞後，前世愛洛瓦・亞菲・穆爾斯姆奧雷亞的記憶與自我便浮現上來。前世之所以為前世，本來就只是已經崩壞殆盡的殘骸。然而，兩個人格的殘骸奇蹟般地契合。菈琪旭欠缺的碎片，用愛洛瓦的碎片填補；愛洛瓦失去的碎片，用菈琪旭的碎片填補。最後所締造出的人格，不是菈琪旭也並非愛洛瓦，但也是她們兩人。

不過，就算這樣，少女現在依然認為自己是「愛洛瓦」。

最起碼，她有意識到一件事。那就是，過去和這個名字一同死去的少女，其心中的悔悟與憤怒的餘火，才是自己這個人格的本質。

†

關於生前的愛洛瓦．亞菲．穆爾斯姆奧雷亞，她能記起幾件事。

愛洛瓦大致可以說是當時很標準的黃金妖精（Leprechaun）。

她誕生在邊境懸浮島的森林中。經護翼軍的搜捕咒術師確認其存在，然後透過專用牢籠運進妖精倉庫。

所謂的妖精倉庫是通稱，文書上的正式名稱為第八種研究資材倉庫。順帶一提，以實際情況而言，就只是家畜棚屋罷了。

她們在那裡學習最低限度的大陸群公用語以便理解命令，身上穿著僅以抵禦寒冷為目的的衣服，吃的是足以維持身體健康的無味食糧。由灰色牆壁包覆起來的房間裡什麼玩具都沒有，除了從小窗子觀察天空顏色的變化之外，沒有任何像樣的娛樂。

她們被教導：妳們都要為了懸浮大陸群犧牲。

而她們心想：原來如此，是這麼一回事啊。

她們沒有特別冒出什麼疑問，也沒有抱持反感。她們沒辦法正常地產生一般生物的反應，不會有那些種種情緒。歸根究柢，對於當時被稱為黃金妖精的她們而言，這就是再理所當然不過的模樣。

所以……

「再多笑一點嘛，不然就浪費那張可愛的臉蛋了。」

第一次聽到被塞進同一個房間的新人這麼說時，愛洛瓦只是愣愣地歪著頭。

那名妖精叫作納莎妮亞。

她和愛洛瓦同年紀，但她很晚才來到妖精倉庫，加入時已經超過十歲了。

妖精本來是一種自然現象。要比喻的話，不過就像是雨後出現的彩虹那般罷了。如果沒有人去觀測她們，不把她們視為個人來對待的話，她們根本就無法以一個人的身分存在這世上。搜捕咒術師是這方面的專家，能夠以極高的成功率確認到妖精的存在並捕捉。

但是，偶爾也會出現像納莎妮亞這樣的案例。換句話說，也會有妖精不經由搜捕咒術師之手，而是透過持續映照在毫不知情的人們——大部分是年幼的孩子——眼中，開始存在這世上。

因此，她在來到護翼軍之前，有將近十年的時間都是在外面的世界度過的。

也因此，她知道很多其他黃金妖精不知道的事物。

「這裡的環境好惡劣喔，但至少不用擔心會挨餓就是了。」

納莎妮亞出現並長大的地方，是治安很差的都市。誰都可以為了一根受潮的菸草而捅身邊的人一刀。掠奪者與被掠奪者不斷交換彼此的立場。就在這種城鎮的角落，一群無父無母的孩子發現了她。在這裡，嬰兒被遺棄街頭並不是多稀奇的事情，所以孩子就這樣將她納為夥伴了。

當然，這群孩子也不是正正當當地討生活。以盜竊為首，一切壞事都是他們賴以生計的飯碗，苟延殘喘地活過一天又一天。就在幾天前，這樣的生活走到了盡頭，少年少女全數遭到自警團捉拿，又因幾個巧合重疊在一起，順帶讓護翼軍察覺到納莎妮亞的真正來歷……據說這就是事情的經過。

一開始，愛洛瓦只是漫不經心地隨便聽聽，完全無動於衷。

「我偶爾也想吃蛋糕之類的東西啊，而且要加了一大堆砂糖和奶油的那種。」

愛洛瓦不知道妖精倉庫外面的情況，也不知道作為妖精以外的存在方式，所以納莎妮亞所說的一切，聽在她耳中都是莫名其妙的玩笑話。就像是面對一個沒見過紅色的人，不管怎麼解釋蘋果的顏色都是沒用的。

但是，在漫不經心地隨便聽聽之間，她產生了興趣，開始認真傾聽納莎妮亞滔滔不絕地述說過往的故事。在這段過程中，她對於不曉得的事情會浮現疑問，然後出聲發問，於是開啟了對話，變成兩個人的交流。

「都說要大家一起賺錢，建立屬於我們家族的國家。這當然是痴人說夢了，但夢想這種東西就該遠大一點才好。」

錢是什麼，家族是什麼，國家是什麼……夢想是什麼。有好幾個她不熟悉的詞彙。納莎妮亞說得愈多，她就問得愈多；她問得愈多，納莎妮亞就說得愈多。

「一起懷抱夢想吧，納莎妮亞。」

愛洛瓦越過窗戶遙望月亮，然後這麼說道。

「唔……？」

納莎妮亞用睡迷糊似的嗓音回道。

「就當作是代替妳已經破滅的夢想也好。有朝一日，一起創造出屬於我們家族的國家吧。」

「家族的？」

聽說家族這個詞，原本是指具有血緣關係的群體。但在納莎妮亞的話中，指的是用血緣以外的其他羈絆結成的群體。

「對，家族的。」

愛洛瓦環視房間。在這個煞風景——她也是最近才知道這樣就叫作煞風景——的空間裡，有好幾張簡易床鋪。年幼的妖精正在床上呼呼大睡。

當時的愛洛瓦將同族的每個孩子都視為心愛的妹妹。

「所以妳是那個意思嗎？要大家一起從這裡逃出去？」

「不是。雖然我也有想過這一點，但這是很不切實際的做法。我不覺得我們有辦法逃出去，而且也沒辦法連今後新出現的孩子都一起帶走。」

「……更何況，要是沒有我們的話，懸浮大陸群就危險了。」

「據說是這樣沒錯。」

愛洛瓦對懸浮大陸群的未來沒什麼興趣——畢竟她對倉庫外頭的世界不太了解——但是，為了讓話題進行下去，她還是稍微附和了一下。

「所以，這是很遙遠的夢想。我們今後也會為了守護懸浮大陸群而戰。這場戰役或許在未來的某一天會劃下句點，而我指的，就是在這之後的事情。」

納莎妮亞的表情怔住了。

「大家一起耕田，一起唸故事給年幼的孩子聽。然後，偶爾一起吃吃蛋糕……大概是這樣子吧？」

用有限的知識訴說出來的夢想，不僅偏頗，還很狹隘。但這也是無可奈何的事情。

「我想，應該要花上好長一段時間。即使有一天實現了，我和妳也一定早在那之前就毀滅了吧。但是，這些孩子……甚至是接在這些孩子後面的學妹，或許能夠到達那樣的未來。我說的就是這樣的夢想。」

「哈哈！」

納莎妮亞笑了。

「愛洛瓦妳啊，真的是變成了一個浪漫主義者耶。」

「妳以為是誰害的啊？」

「唔，也是啦，我覺得自己並不是沒有這方面的責任。妳還記得嗎？我們第一次見面時，妳就死死地板著一張臉。」

「忘掉吧。」

「才不要哩。」

——她們兩人都明白。這個願望真的是虛無飄渺的夢想。在這個不知道何時會走到盡頭的末日世界，在這個每個人都為了生存而忙於奔波的時代，無論花上多長的時間，都不可能踏上通往美好的救贖之路。

她們在明白這一點且已死心的情況下，輕輕地朝彼此點了點頭。

朝著如同遙遠夜空的閃耀星子一般的願望，奮不顧身地伸出手。

維持懷抱夢想的態度，並相信自己終將逝去。

†

「——那些不過是不諳世事的人的無稽之談……但沒記錯的話，有個護翼軍的相關人員非常認真地把一切都聽了進去。」

她將手指放在太陽穴上，翻尋記憶。

腦海裡模模糊糊地描繪出一個人物形象。

「記得那個人的塊頭非常大……而且很不可思議的是，他具有人道精神，或者應該說，他對待妖精兵的方式似乎有一套自我主張……」

這不僅像是屬於自己的久遠記憶，同時也像是別人留下的紀錄。資訊明明確實存在於腦袋裡，但無論是接觸還是抽出都不是很容易。光是進行回想這個行為，就必須投入相當多的專注力。

儘管如此，少女還是一點一滴地慢慢取回自己過往的回憶。

「好像是一個看起來滿年輕的醫學研究者吧。沒錯，記得第一次見面時，他突然就道歉了，說『很抱歉總是讓妳們承擔這麼多』。接著還說……」

一隻小鳥飛到窗邊，降落在看似只要伸出手就能捉到的近處，然後收起了翅膀。完全感覺不到一絲戒心。

她興起惡作劇的念頭，稍微提高音量喊出「哇」的一聲嚇嚇牠。結果小鳥慌張地往藍天的另一端飛走了。

「……他接著還說『請妳們再等一下，很快就能讓妳們重獲新生的』。沒錯，就是妖精的成體化調整技術。好像是那個人整合了以往相當不穩定且臨時性質的事物，打造成完整的體系。他說這樣一來，妖精也能好好長大成人的樣子……」

每追溯到一個線索，記憶就一點一滴地復甦過來。

對方那模糊不清的身影，也慢慢地恢復成形。

她想到了。他是單眼鬼(Cyclops)。

戴著眼鏡，身穿白袍。

然後，沒記錯的話，他的名字叫作穆罕默達利・布隆頓。

「……………………咦？」

她覺得自己好像發現了某種糊塗至極的錯誤。

這名字似乎在哪裡聽過。其實應該說，這幾天下來，她聽過這名字好幾次了。

不對，才不只如此。在這幾天之間，她跟擁有這個名字的當事人不知道見了幾次面。

「咦？但是，這不可能才對啊……」

從愛洛瓦活著的時代算起，已經流逝了數十年的光陰。這是一段漫長得嚇人的時間，足夠讓妖精經歷誕生、死亡、再誕生、再死亡，不斷地周而復始。

不，也不是這樣。之所以說數十年很漫長，不過是從短命的妖精的角度來看罷了。單眼鬼相當長壽，其壽命至少超過一兩百年。區區數十年左右的歲月流逝，別說是讓他們死亡，就連讓他們衰老都不夠。

「……是本……人？」

少女呻吟著說道。

當然不會有人回答她這個問題。穆罕默達利已經離開了，費奧多爾也獨自外出中，就連捉摸不定的小鳥都飛到了遙遠的天空彼端。

小鳥在少女看不見的地方，吱吱喳喳地鳴叫著。

3. 小巷子

也許是因為狀況稍微穩定下來了，也或許是因為事情變得麻煩到了極點，所以妮戈蘭現在的心情很奇妙。

她鬼鬼祟祟地在城市裡的小巷中走著。同行者是穆罕默達利．布隆頓，她就讀學術院時的學長，也是單眼鬼醫師，更是遭到態度大轉變的護翼軍還有貴翼帝國等勢力追捕的重要人物。

看著他一如既往的寬大背影，她想起了一些學生時代的回憶。當時的她年紀還很小，對世事不太了解，身高也比現在矮得多……就算是現在，和眼前的單眼鬼比起來也只有豆粒般的大小就是了。

「小妮，怎麼了嗎？」

「真是的，我說過很多次別再叫我小妮了吧？」

「確實是這樣。」

他用粗大的手指搔了搔巨大的禿頭。

小時候就認識的人，直到長大後還被對方當作小孩子來看待。這種傾向本身她可以理解，因為她自己也一樣。就算她腦子裡明白那些已經可以獨當一面的妖精——比如艾瑟雅、菈恩托露可和娜芙德——不再是她的庇護對象了，但內心無論如何還是會將她們與小時候的模樣重疊在一起。

然而，她是不會接受被這麼看待的。畢竟她是妖精倉庫的管理員，憑藉這股意志才會站在這裡。小時候的妮戈蘭・亞斯托德士是個驕傲自負、自以為是、毫無毅力又膽怯懦弱的女孩。要是心情回到那時候的自己，她一定會就此停下腳步，沒辦法再繼續往前邁進。

「……到了。」

他們來到一個小小的廣場。

四面都在高大建築物的籠罩之下。一抬起頭，可以看到被裁成四方形的灰色天空。她的心胸深處湧起一股彷彿被關進箱子裡的窒悶感。

「沒有人在呢。」

只見廣場角落，毫無生氣的樹木旁邊擺著一張巨大的石製長椅。

穆罕默達利拖著沉重的背影走到那邊坐下。妮戈蘭也跟在他身後，爬上長椅坐在他隔壁。

「你跟那個情報販子是約在這裡見面嗎？」

「唔，照理說是這樣，可能是來得太早了吧。」

妮戈蘭並非科里拿第爾契市的居民，自然不必說，不過這一帶對穆罕默達利而言，也不是他熟悉的一部分。只要錯過一次報時的鐘聲，馬上就搞不清楚正確的時間了。

「稍微等一下吧？」

「好啊。」

她環顧四周。除了屁股底下這張長椅之外，這個廣場什麼也沒有，未免也太單調了。但與此同時，沒有其他人的身影與氣息，也令她感到很放心。

（要是有帶便當過來就好了。）

她出神地望著頭上厚重的灰色雲層緩緩流動的模樣。

「……我想聊一下珂朵莉小妹的事情。」

她的肩膀抖動了一下。

「五年前，那孩子消……死去之前，變成了妖精以外的其他生物。這一點正確無誤吧？」

「對，報告不是有送過去嗎？」

「嗯，我看過了。但因為要審查還什麼的，到我手上時，一切都為時已晚了——」

穆罕默達利重重地大嘆一口氣。

「雖然這種說法可能很殘酷，不過，那樣的結束方式，對她來說或許是好的。」

「……這是什麼意思？」

「關於前世侵蝕這個現象本身，我們這邊也有收集到一定數量的先例。像菈琪旭小妹那樣變成不同的人格，避免肉體消滅的案例，雖然稱不上多，還是能找到幾個類似的紀錄。」

穆罕默達利說了聲「可是啊」，然後繼續說道：

「珂朵莉小妹的例子實在太不尋常了。不止是瞳色，連髮色都產生變化，這種引發體質劇變的先例在我的記憶中不曾有過。換句話說，這可能意味著她從妖精這個桎梏中，獲得了史無前例的完全解放。」

所以，這代表什麼意思呢？

「這就是你之前提過的，開始能夠使用不適合的遺跡兵器的事嗎？」

「沒錯，從前創造出遺跡兵器的人族，似乎只要具備資格，就能挑選形形色色的劍來使用。而從桎梏中獲得解放的妖精，也做得到相同的事情。珂朵莉小妹畢竟是被瑟尼歐里斯這樣的劍給看上，只要不是太特殊的劍，想必她都能夠輕鬆使用。」

——聽說，珂朵莉最後是舉起娜芙德的劍，也就是遺跡兵器狄斯佩拉提歐，然後墜落到地表。並且揮動那把本來不適合自己的劍，與無數的〈深潛的第六獸〉戰鬥。

「然後，應該過沒多久就被莫烏爾涅察覺到了吧。」

「……被什麼？」

「遺跡兵器莫烏爾涅。」

「我沒聽過這把劍。」

妮戈蘭是妖精倉庫的管理員，理所當然有將收藏在妖精倉庫的遺跡兵器名單都記在腦中。但是，其中沒有一把劍的名字和穆罕默達利剛才提到的一樣。

「不可能會放在倉庫裡的。那不是武器也並非兵器。我們判斷那單純是一種災害。不會有人把巨大暴風雨收進火藥庫裡的，對吧？」

「意思是，那把劍強得出奇嗎？」

「沒有那麼簡單。就純粹的攻擊性能而言，瑟尼歐里斯遠在莫烏爾涅之上。但是，莫烏爾涅會奪走比瑟尼歐里斯更多的東西。」

她露出不懂的表情。

不懂也沒關係。穆罕默達利的獨眼如此微笑著。

「我並不相信人族性本惡這種說法。畢竟我認識威廉小弟這個人，再說我本來就不喜歡關於善惡的片面看法。不過啊，一想到莫烏爾涅，我就不是很有把握了。我會忍不住去想，他們有沒有可能是充滿惡意的危險物種——」

話說到一半中斷了。

他轉過頭。

「——是誰？」

「咦？」

妮戈蘭見狀，也看往同一個方向。那裡有一棟爬滿常春藤的磚瓦建築物，散發著廢墟獨有的空虛氛圍，感覺不到人的氣息。

儘管如此。

「抱歉，因為你們在交談，我找不到出聲的時機。」

隔著牆壁傳來了裝傻似的青年嗓音。妮戈蘭下意識地從長椅上站起身。

「啊，對了，還有一件事要請你們包涵，就是不要看我的臉。」

她原本使力要跳過窗戶的雙腳登時停住。

「由於生意性質，我不太在客人面前露面的，我們就這樣背對背地談這樁生意吧，好嗎？」

她感覺到身旁的穆罕默達利嚥下了一口唾沫。

「沒問題……你就是跟我約在這裡見面的情報販子嗎？」

「是，但也不是。正確來說，我是從同業那邊買下你這名顧客的情報，覺得自己手頭握有的消息應該可以高價賣出的情報販子。消息要夠靈通才能在這個業界混下去，這方面的行動力可是很迅速的。」

這個意思是，買賣已經開始了嗎？

既然如此，她站在局外人的立場，再沒有置喙或動手的餘地了。妮戈蘭只「唔」地發出不滿的聲音，理平凌亂的裙襬後坐回長椅上。

「那麼，你想要什麼情報呢？」

「將近半個月前，發生了護翼軍的飛空艇『小孢菌』遭襲事件，運載貨物被洗劫一空。我想知道那些貨物的下落。」

「好，跟我聽說的一樣。三個相關情報為一組，總共八千帛玳。」

不小的金額。光是有這個數目的話，就不知道能給妖精孩子換多少件新衣服了。

「我付。」

穆罕默達利立即答道。他拿出一疊帛玳鈔票，用粗大的手指一張一張數好後，塞到皮革袋裡再扔進窗戶。

「先付一半，聽完情報後再付剩下的另一半……規矩是這樣沒錯吧？」

「對，我就喜歡懂門路的客人。第一個情報。『小孢菌』當時正載著幾個護翼軍的最高機密，飛過科里拿第爾契市的近郊上空。到這裡為止的情報是在我們包打聽的市場上到處流通的商品。畢竟也實在沒有人知道詳細的貨物內容。」

穆罕默達利用沉默示意他繼續說下去。

「第二個情報。如眼前所見，科里拿第爾契市是個大都市。由於地廣人稠，大量的犯罪組織不論新舊都在這裡從事非法活動。襲擊者就是那些組織的其中一員，而且算是老手。不過，還有來頭很大的贊助者在撐腰。第一師團似乎認為背後是帝國，但並非如此。帝國他們才沒有那種餘裕。」

「所以是誰？」

「最後一個情報。是比魯爾巴盧恩霍姆隆恩家的前任當家。」

這個姓氏聽起來很陌生。

不，別說聽起來很陌生了，腦子裡甚至一時之間還沒意會過來這是人的姓氏。

「比魯……爾……什麼？」

「不僅很難唸，而且沒辦法全部記起來對吧？這座城市的古老貴族都是這樣，一堆人的名字都長得要命。」

據傳百年多前的貴族圈有個習俗，每當立下顯赫的功績時，就會在家名裡添加一個字。換句話說，現在遇到那種亂無章法地堆砌文字的家名，便代表那是從百年多前就享有貴族榮華富貴至今的家族。

「隨著時代演變，貴族這個頭銜也沒有那麼了不起了。不過，他們依然保有自豪感與一路累積到一定程度的財力。這種的可不好對付啊。」

「哦……」

也許是想到了什麼事情，只見穆罕默達利露出咬著牙般的苦澀表情，點了點頭。

「另外呢，沒有情報指出搶劫部隊在那之後有兵分兩路。那些貨物似乎並沒有多重，應該全都運進那傢伙的宅邸了。」

穆罕默達利明白地頷首後，將未付的另一半金額塞進新的皮革袋裡，再次扔進窗內。

「謝謝你提供這麼有用的情報。」

當他道完謝，正打算站起來時——

「……那麼，你願意花多少當這次的封口費呢？」

對方說了令人費解的一句話。

「咦？」

「護翼軍和貴翼帝國兩邊都搶著要，現在炙手可熱的穆罕默達利．布隆頓醫師，買了襲擊事件與貴族的情報——這個情報應該可以高價賣出呢。」

他吃驚地倒抽了一口氣。

「只要有人想買的話，我當然樂意賣出去。不過，要是在這之前收了些錢的話，金額大小就能決定我的口風有多緊。」

「你……你是怎樣啊！」

這一瞬間，妮戈蘭不知道自己該傻眼還是該生氣，但另一方面……

「原來如此，你很會做生意呢。」

穆罕默達利不知為何很感佩服似的說道。

「當然嘍……所以你要出多少？」

「我手上剩沒多少現金了，不能按月分期付款嗎？」

「哎呀，真遺憾。在這個業界，每天帶著笑容用現金付款是鐵則。既然你無法當場付款的話，這件事當然就到此為止——」

「唔。」

妮戈蘭起身。

她站到背後建築物傳出聲音的地方前面。

身旁傳來感覺在擔心的聲音，但她沒有理會。

「……小妮？妳想做什麼？」

「喝！」

那動作彷彿是要拉開掛在窗戶上的窗簾似的。

她單單一隻左手卯足力氣，將磚瓦牆朝橫向**扯開了**。

「……嗄。」

「……噢。」

用來黏接縫的灰泥發出響亮的劈哩啪啦聲，慘遭撕裂。具有重量的磚瓦被推飛出去，響起互相碰撞、碎裂的刺耳破壞聲。而兩名男性則脫口發出呆傻且不知所措的聲音。

只見大洞的另一邊，有個看似輕浮的鷹翼族（Falcon）青年愣愣地張大了嘴。

妮戈蘭剛才朝橫向施展出所有力氣來破壞牆壁，因此青年並沒有受傷。要是按平常用拳頭從正面打碎牆壁的話，想必碎片會直接噴到他身上。然而，無論是傷害還是威脅，都不是妮戈蘭想要的。

「妳……妳妳妳妳……」

「嗯，有求於人時，果然還是要好好地看著對方的眼睛才行呢。」

鷹翼族因為這驚人的事態而定在原地，她則輕輕握住了他的手。

「**拜託你**，千萬別把我們的事情說出去喔。」

4. 白髮少年與朱色妖精兵

所謂的「會一點點」，到底是謙虛到了什麼程度呢？「斯帕達」的棋路十分精準，突破了護翼軍的包圍。這是因為她可以在車頂上觀察四周狀況……應該不會只有這樣簡單的原因。

自走車奔馳，穿過市區，駛向郊外。

周圍建築物漸稀，樹木變多，石版路中斷。

在杳無人煙的森林深處，水流平靜的河川旁。

噗嘶一聲，自走車的傳動裝置噴出濃烈的黑煙，終於耗盡能量。

四周已經沒有士兵的蹤影了。

「呼……呼呼……得救了……」

由於強行駛過路況不好的路，導致屁股很痛，感覺都要得痔瘡了。不過，應該要先為有餘力去想這種事情的現狀感到高興才對。

費奧多爾滾著逃出了駕駛座。

水潺鳥鳴，眼前是一片寧靜的森林景致。在甩掉士兵之後，他仍持續拉開一大段距離。既然已經遠離人煙了，想必追兵不會那麼容易就找到他們。或許可以循著車輪的痕跡和臭味追上來，但大概要花掉不少時間。

他回頭一看。只見歷經重重劫難開到這裡的自走車，模樣看起來相當淒慘。

右邊的車門似乎隨時都會脫落；左邊的車門連同鉸鏈不知飛到哪去了；前面的車軸有一邊裂開了，後座被毀得不成原樣。這臺車完全變成了破銅爛鐵，就算告訴別人這臺車直到剛才都還在全速衝刺，也難以讓人立刻就相信。

這時，從車頂上——

「費奧多……爾……」

有一團黑色斗篷滑落了下來。他連忙伸手接住。

（好燙！）

他還以為自己抓住的是火焰，嚇得差點失手掉落。

「『斯帕達』？」

「有點……努力過頭了……」

從拉得極低的兜帽下方，傳出比以往更加沙啞的嗓音。

「什麼有點……不對，你怎會這麼燙？」

「我習慣了……只要休息一下，就能恢復……」

「斯帕達」抵抗似的用手掌推他的胸膛，但完全沒有使上力。

這是過度使用魔力。費奧多爾的知識這麼告訴他。

在沒命地逃到這裡的途中，「斯帕達」始終緊抓著自走車的車頂，觀察軍隊的包圍網，推算出逃生路線。以這傢伙原本的體能，就算偷灌一點水也做不來這種苦力活的。因此，他催發出強大的魔力，遠遠超過自己所能駕馭的程度。

使用魔力就是往死亡邁進。這是弱者為了掩飾其弱小，用來稍作抵抗的技術。要是想利用魔力施展出超乎常人的力量，當然就必須為此付出代價。

緹亞忒等黃金妖精只是例外中的例外罷了。不能以她們為基準來考量。費奧多爾明明非常**清楚**這種事情，卻無法**理解**。

「不要緊……用不著擔心我……」

彷彿夢囈一般，「斯帕達」這麼說著，重新將兜帽拉低。

費奧多爾讓他靠著旁邊的樹木休息。

「你這樣熱氣散不掉，把斗篷脫掉比較好喔。」

「……不行。」

費奧多爾得到了預料之中的回答。

（我想也是。）

這傢伙應該是栗鼠徵種，而栗鼠徵種有著不能在家人以外的人面前露出樣貌的戒律。

因此，就算身體不舒服，這傢伙也不可能脫掉那件藏住真面目的斗篷。

沒有任何不自然的地方，也沒有什麼好遺憾的。

——其實他察覺到了。

第一次見面時，「斯帕達」是戴著面具的。

沒錯，就是準狄德兒納奇卡梅路索爾奉謝祭使用的死者面具。

冬天與春天的狹縫，死者與生者世界的狹縫。失去容貌與名字的死者，以及隱藏容貌與名字的生者，雙方互不接觸，只是彼此相伴在側，一起慶祝季節的交替。這便是奉謝祭的內容，也是面具的作用。

這傢伙之所以戴著面具。

之所以用面具隱藏容貌，用假名隱藏名字。

可能是為了陪伴在某個接觸不到的死者身邊。

然而……現在這傢伙並沒有戴著面具。應該不可能是因為他有不會被任何人看見的自信，而是他覺得沒有必要了，這樣的解釋較為自然。也就是說，「斯帕達」要隱藏容貌的對象在一定範圍內，並且費奧多爾，傑斯曼是其中一人。

費奧多爾想起先前牢牢握住過「斯帕達」的手。

那是長著一層薄博的黑毛，與其說是栗鼠更像是貓的溫暖小手。

不知是何時。在遙遠的記憶某處，有一種自己確實曾經接觸過的感覺……

（不。）

他搖了搖頭。

（不可能有這種事。我什麼都沒有發現。）

生者為了陪伴在接觸不到的死者身邊而使用的面具。某個小矮子戴著那種面具出現在費奧多爾面前，而且變過聲音、隱瞞名字、掩藏容貌。因此，費奧多爾沒有辦法知道對方的身分，完全沒有辦法。

（這傢伙是「斯帕達」，不是其他任何人。）

他知道的，只有明顯的假名，以及對方是姊姊的知己這兩件事而已。

（因為那孩子……已經死了。）

生者和死者不可能再次見面。

絕對沒辦法呼喊彼此的名字，也無法互相交換微笑。

——如果，莉姐妹妹還活著的話……你想再和她見一次面嗎？

——那個她最喜歡的，陪伴在她身邊的，身為她未婚夫的溫柔大哥哥已經不存在了。

如今沾染了些汙穢的我，到底有什麼臉去見她？

他模模糊糊地想起不知何時和姊姊交談的話語。那番話不是謊言，他也不打算讓那番話變成謊言。費奧多爾・傑斯曼不會再見到瑪格莉特・麥迪西斯。

而且這麼想的，恐怕不是只有他一人而已。

「想必你……一直以來都很辛苦吧……」

費奧多爾一邊忍著逐漸加劇的頭痛，一邊喃喃說道。

他從口袋裡拿出糖果，撕開包裝紙後放進口中咬碎。

無論兜帽下方的真面目為何，都不難想像「斯帕達」至今為止的生活大概悽慘無比。弱者學會運用魔力作為掙扎的力量，還為了隱瞞身分而經常使用破壞聲音的毒藥，也擁有超出常人的靈活度與敏銳度。

假設——這終究只是想像罷了——也許「斯帕達」還是個十二歲左右的孩子；也許約莫五年前，他跟魔力和毒藥都沒有任何關聯，是個很平凡的孩子；也許很愛撒嬌又迷糊，有一點不太擅長哭和笑，而且棋盤遊戲強得亂七八糟，就是這樣一個十分普通的——

「……嗯？」

禁不住一股奇妙的不協調感，他抬頭往上看。

只見鋪滿棉花似的陰暗天空中，有某個東西在飛翔。

「啊。」

那是一名二十歲左右的女性，身穿隨便搭配的率性服裝，一頭朱紅色的頭髮隨意地綁起來。此外，還可以看到她背後浮現出閃耀著光輝的幻翼。

她正看著這邊。

「嗨！」

那名女子勾唇一笑後，消去幻翼。儘管她位於應該有三層樓的高度，卻輕輕鬆鬆地降落到地面，朝他走了過來。

「你一路逃得相當賣力喔。不過，已經沒戲唱了嗎？」

她瞥了眼冒煙的自走車殘骸，這麼說道。

「……妳是誰？是黃金妖精嗎？」

「也是，確實一眼就看得出來。」

生出幻翼飛翔。光是這一點，就必須是能夠使用一定程度以上的強大魔力才做得到的絕技。而且，眼前這名女性恐怕不在「使用一定程度以上的強大魔力」這個馬馬虎虎的領域內。

因為她是從空中追過來的。

就算用雙腳逃跑，也沒辦法從更加強悍的種族眼下逃脫；同樣的道理，就算用四個車輪逃跑，也沒辦法從速度更快的自走車與開車好手，抑或是從高空看穿己方去向的追兵眼下逃脫。

「所以，你就是傳說中的費奧多爾・傑斯曼嗎？」

糟了。

費奧多爾暗自咬緊了牙關。

這個狀況真的很不妙。既然她知道他的身分，就表示她應該也清楚他有哪些本事。半吊子的計策是行不通的。

再加上對方是黃金妖精。已確定她懷著壓倒性的力量，反觀自己則是疲倦至極，而且隨時都有昏倒的可能。

「我從緹亞忒那邊聽說了很多事情喔。我家妹妹全都仰賴你不少照顧嘛，是不是？」

「嗯，算是吧……」

簡直不能再糟了。他體會到感覺眼前要陷入一片昏暗的心情。

雖然他不知道緹亞忒對這名女性灌輸了哪些內容，但想必不會是什麼好事。而傷腦筋的是，他在做的確實也不是什麼好事，所以沒辦法對這樣的認知多說些什麼。

「你要逃也沒關係。」

在兩人距離幾步之遙時，她停下了腳步。

她開玩笑般的說道：

「如果你自己逃的話，我就答應不追你。」

「這還真是令人感激的提議啊。」

費奧多爾瞥了眼背後。「斯帕達」氣息紊亂，但也許是察覺到狀況的變化，只見他不住扭動著身體——也只能扭動身體。要帶他一起逃太困難了，而費奧多爾當然也不可能丟下他獨自逃跑。

費奧多爾的頭很痛。止痛藥的藥效完全退了，感覺就像是太陽穴開了個口，然後插進攪拌器不斷攪拌似的。

他握緊拳頭，站起身。

女性咯咯咯地笑了。

「很帥嘛，是不是？」

「可以到遠一點的地方去嗎？我不想把這孩子捲進來。」

「好，可以啊。」

她一派輕鬆地回道，於是他開始邁步移動。

他重新確認女性的模樣。她看起來赤手空拳的，至少沒有攜帶遺跡兵器。那種武器大得要命又很顯眼，應該也不可能是藏了起來。當然，這點程度的發現並不能讓他感到放心。

頭痛得很厲害。

「可以問妳的名字嗎？」

「娜芙德。」她揚起嘴角。「娜芙德‧卡羅‧奧拉席翁。」

「聽剛才那番話，妳是緹亞忒她們的姊姊……這麼理解沒錯吧？」

「嗯，就是這麼一回事。我不會解釋更多喔，你應該明白妖精的情況吧。」

黃金妖精並不是從母胎中誕生出來的。她們要透過心靈純潔之人的雙眼等等之類的，才會從大自然中冒出來。因此，血緣這種東西從一開始就不存在。她們不可能擁有傳統意義上的姊妹，即使她們對此抱有強烈的嚮往。

「妳知道她們要在三十八號懸浮島送死的事情嗎？」

「……知道啊。」她的表情倏然變得很不高興。「前幾天聽說的，好久沒有心情這麼差了。」

「所以妳是想拯救家人的嗎？」

「這個嘛，該怎麼說呢。我的心情是我的心情，她們的使命是她們的使命。妖精要為了懸浮大陸群的未來而戰，任誰都無法動搖這一點。」

費奧多爾的鼻子微微抽動了一下。

墮鬼族的鼻子嗅到某種東西。難以斷定是謊言，那是一種隱隱約約的不協調感。恐怕在那番強硬的說詞裡，藏著她心中尚無法接受的部分。

「應該說，一直以來都因為這一點而被奪走許多事物，事到如今哪可能輕易受到煽動啊。」

這大概是真心話。

「緹亞忒可能有告訴過妳，我想要拯救她們，拯救所有妖精。」

「……啊？只靠一張嘴的話想怎麼說都行啊，墮鬼族。」

儘管娜芙德說著抗拒般的話語，眼神卻帶有一絲動搖。

「然後呢？你的具體行動是什麼？調整遺跡兵器來增強威力嗎？還是按摩她們的身體來治療魔力中毒呢？」

「咦？」

那是什麼意思？

「在她們本人都接受了這個事實，並且都在奮鬥時，一個局外人卻打算潑冷水，這可是相當自私的行為，簡直既愚昧又任意妄為。既然這個局外人試圖拚盡全力來貫徹這一點，當然要給予相應的——」

肌膚微刺。

這一瞬間，費奧多爾的兩隻腳忽然脫力。雖然當下他自己也不知道原因是什麼，但不管怎樣，他必定會腳底一滑，失去平衡。

一陣身體向後仰的飄浮感──同時間，有某個東西以驚人之勢飛過來，輕輕削過鼻頭後離去。

（──啊。）

當他意會過來是拳頭的下一刻，有某個東西觸碰到右邊頰骨與眼窩之間；觸碰到的瞬間，他喪失了平衡感，視野朝左邊偏移，耳邊一陣轟然巨響。他的脖子轉動起來，身體也跟著扭轉。這一切全都在費奧多爾的體內迸發開來。

在這之後，彷彿被遺忘的劇痛席捲而至。

完全搞不懂是什麼狀況。

他的視野盡染赤紅，恐懼與混亂攪成一團，差點占據他的意識。他勉強維持著一絲清醒，拚命地掌握住狀況。

娜芙德在沒有徵兆也沒有預備動作的情況下，以迅雷不及掩耳的速度毆打過來。要是正面命中的話，未必一定會造成致命傷，但大概會被揍昏過去。面對這陣攻勢，他只能說是僥倖地躲開了直接攻擊。然而，他沒來得及應付隨之而來的一記肘擊，其實別說應付了，他根本沒有察覺到，就這樣難看地被打飛出去。

（——好強。）

他將混亂推到腦袋的一邊，專心地細想這個事實。

既然她是緹亞忒她們的姊姊，理所當然也具備超乎常識的戰力，這一點他是知道的，但他直到現在才體認到這樣的認識還遠遠不足。

照理說，黃金妖精這支種族的強度，是建立在操作遺跡兵器與催發強大魔力這兩點上。然而，剛才那一擊和這兩點都無關，她是徒手攻擊，而且連一丁點魔力都沒用上。

「……痛！」

費奧多爾在草地上翻滾。在上一刻，感覺很重的長筒靴朝他的心窩處狠狠地踩了下去。

他彎著身子站起來，然後像是終於想起似的重新開始呼吸。一股差點令他嗆咳出來的血腥味翻湧而上，鼻血流了出來。

「哦？」

娜芙德笑了。

「挺有兩下子的嘛。」

這句稱讚聽起來不像假話。她應該是看到費奧多爾經過剛才那一擊……不，是兩擊之後，沒有就此敗陣，因而發自內心地感到佩服。

「如果只是個瘦小軟弱的大少爺，大概這樣就會閉上嘴了。你呀，確實不簡單。」

「……那還真是多謝誇獎啊。」

費奧多爾也在心中改變了他對這名女子的評價。

無關遺跡兵器與魔力。娜芙德剛才攻擊的成立要素，在於掌握對方呼吸的方式、體重移動、出拳軌跡與傳力方式，也包含單純的腕力與體重，還有碰撞瞬間的扭轉力量的方式，也就是集經驗與技術之大成。

總而言之，這個名叫娜芙德．卡羅．奧拉席翁的女子就是打架技術一流，與她的妖精兵身分沒有關聯。

——唔？

在感受到惡寒的下一瞬間，拳頭再次來襲。費奧多爾直覺地扭過身子，頓覺側腹一熱。他依舊沒看見攻擊，對方完美地掌握住他的死角，但反過來說……

（這個人進行攻擊時，總是處於我的死角當中！）

能夠下此斷定的話，就找得到對策了。他拋開視覺，只憑靠側腹那股熱沒有遠離這一點來轉動肩膀，手臂如同鞭子般揮了出去，朝娜芙德反應不及的角度揮出一擊——

肌膚微刺。

有股惡寒。他在中途放棄反擊，並且扭轉身子，使盡全力把自己的身體甩出去。

轉瞬過後，他便知道這個判斷是正確的。左膝蓋後側與腋下都傳來尖銳的疼痛。他不知道自己是受到了什麼攻擊，但總之是躲掉正面攻擊了。

「哦。」

她再度發自內心地讚嘆出聲。

「哎呀，你真的很不簡單呢。我剛才那一下算是打得滿認真的喔。」

他藏住冷汗，回以無所畏懼的笑容，然後確認在剛才的攻防中所受到的傷害。暫且能夠確定骨骼沒有異狀，身體還能活動。

「承蒙誇獎……妳感到佩服之餘，也差不多該收手了吧？」

「哈哈，這可不行喔。」娜芙德看起來似乎很愉快。「你應該很清楚吧？你打算展現給緹亞忒她們看的夢想，單憑**這點程度的本事**是無法實現的。要是你真的想讓我心服口服的話——」

話語嘎然而止。

她轉過頭。

風陣陣吹過——輕輕地吹動樹梢，以及站在那上面的少女的橙色髮絲。

「真是的，你這個人，一沒看好就會陷入危機耶。」

少女的聲音感覺很無言……不對，應該是無言至極。

「是菈琪旭啊。」

娜芙德輕聲唸出她的名字，臉上不見絲毫驚訝的神色，而菈琪旭怔了一怔。

「呃……是娜芙德學姊嗎？」

她的聲音聽起來不太有自信。

「哦？什麼嘛，原來妳還記得啊？我聽說妳什麼都忘了，還以為肯定不會記得我呢。」

「與其說記得，不如說我稍微讀過了這個腦子所知道的東西。總之有一點複雜，妳不要抱有太多期待。」

「哦……雖然不是很懂，不過妳好像也挺辛苦的嘛。」

費奧多爾無視這段毫無緊張感的對話，逕自重新活絡差點軟掉的膝蓋。

「不好意思，我想再次拜託妳相同的事情。」

他打從一開始就知道菈琪旭正往這裡接近。在墮鬼族瞳力的影響下，費奧多爾與菈琪旭的精神處於混沌狀態。可能是因為這樣，就算兩人分開，還是能知道彼此的大致狀況與位置。順帶一提，愈靠近頭就愈痛也是訊息來源之一。

只要與據說是最強級別的菈琪旭會合的話，或許就有辦法擺脫這個困境。他如此相信著，稍微爭取了些時間……雖然他沒想到真的也只能爭取到一點點時間而已，但不管怎樣，菈琪旭是趕上了。

「妳差不多該收手了吧？她可是非常強的喔。」

他刻意用威脅的語氣這麼說道。坦白說，他當然不希望菈琪旭去戰鬥。即使醫師再如何保證她的情況穩定下來了，即使她實際上戰鬥過幾次也確實沒問題，依舊無法斷絕他內心的不安。

「是啊，我從這傢伙在被窩裡畫懸浮島地圖時就在照顧她了，非常清楚她真的很強。」

不知道所謂的懸浮島地圖是指幾號懸浮島。大概是有妖精倉庫的六十八號懸浮島吧。不對，現在不是在意這種事情的時候，快甩掉這些雜念。

「只不過嘛……有沒有比我強就不知道嘍。」

氛圍改變了。

費奧多爾知道娜芙德催發了魔力。

「來吧，菈琪旭。如果妳有骨氣的話，就貫徹到底給我看。」

「──不用妳說我也知道！」

等同爆炸的聲音響起，菈琪旭蹬地而起，那威勢也相當驚人──恐怕是催發出了遠遠凌駕在娜芙德之上的魔力。菈琪旭有這方面的天賦。正是憑這份天賦，她才被稱為那四名妖精兵中最強的那一個。

「嘿！嘿喲！喲！喲！」

娜芙德用手掌接住了那一拳。

「妳過去可是個乖寶寶呢，現在卻變得相當火爆嘛。哈哈，迷上壞男人真的是很恐怖的一件事。」

「是這樣嗎！」

她施展左右連擊後，抬腿一踢。

一連串行雲流水的搭配，感覺可以直接放進格鬥課本裡。但是反過來說，這沒有用到多少技巧，不是將課本裡學到的東西加以發揮的攻勢。對箇中老手而言，要看穿並應對這三連擊相當簡單。娜芙德輕鬆地頂住了。

「嘿……妳可別保留實力啊。」

「妳不是可以讓我保留實力的對手吧！」

「——在這一點上，我們彼此彼此啦。」

喉嚨、左腋下、心窩、肺臟下方以及髖關節。娜芙德的攻擊淺淺掠過五大要害——然而這只是偽裝，她的真正目的是施展掌底攻擊。彎成鉤形的指尖微微地劃過菈琪旭的臉頰。這一擊貫穿雄厚的魔力防禦，只見一滴血珠飛到了空中。

「大致情況我從緹亞忒那邊聽說了。妳忘記了一切關於她們的事情，捨棄所有曾經很珍惜的事物，被那邊那個長著一副壞蛋模樣的人拐走了。」

「那又怎樣？」

菈琪旭的拳頭輕輕地擦過娜芙德的腹部。這很難說是直接命中，但憑藉壓倒性的魔力擊出的這一拳，擁有無法以常識計算的強大威力。

「……哎呀。我覺得這一點都不像妳，實在太依賴人了。」

娜芙德的笑容扭曲了，而且嗓音在顫抖，冒出了急汗。

攻擊奏效了。

「依賴？」

「簡單來說，當妳什麼也不懂，一個人孤零零之際，第一次出現了一個對妳好的男人，所以妳就陷下去了對吧？待在搖籃裡很舒適，不敢出去外面，身體無法動彈。把那個小鬼當作唯一的依靠，不想離開這樣的世界。我有說錯嗎？」

「這……」

菈琪旭感到語塞。

娜芙德的動作沒有變遲鈍。情況幡然轉變，菈琪旭落入守勢。

「你對此又該怎麼說，費奧多爾·傑斯曼！」

娜芙德咆哮地問道。

「你能為這傢伙做什麼！對於這個如同人偶般空空如也的傢伙，你能為她指示什麼樣的道路！又能夠實現她什麼樣的願望！」

——他的頭很痛。這股疼痛讓他無暇思考。

「那種事情我哪知道啊。」

他呻吟般的答道。

「啊？」

「這不光是菈琪旭小姐一人的事情。我看不慣的是『只有妖精必須為了懸浮大陸群的未來而戰』這一點。無論是這個規則本身，還是理所當然似的接受這個規則的妳們所有人，更別說在不知道這個規定的情況下，悠哉地受到保護的我們自己。我看不慣，也無法容許這種事情。所以……」

他緩了口氣。

頭很痛，他覺得他變得很不像自己，什麼也無法思考。正因如此，他反而將那些話語未經修飾地直接吐露出口。那些話他至今為止不知道說過了幾遍，是他現在站在這裡的存在理由。

「——那些當事人期望著什麼都跟我無關。我就是要奪走妳妹妹們的戰鬥，就算她們再怎麼嫌棄，我都會將我所設想的幸福強押給她們，僅此而已。」

「……哈哈。」

這一瞬間，他想她應該是笑了。

笑著的同時，她的防禦出現些微——只有針孔大小的破綻。

菈琪旭的左手掌這次朝娜芙德的胸口貫刺過去，看起來是直接命中了。這一掌的威力直逼砲彈，甚至凌駕在砲彈之上，打在了無處可逃的娜芙德的身體上。想必她抵抗過，也試圖去承受下來，但沒有用，堅持不住。

娜芙德被打飛出去。

她像顆球似的在地面彈了幾下，後背撞在一棵常綠樹上，然後無力地滑落下來。

她死了。

費奧多爾這麼認為。

頭痛欲裂，身體不聽使喚，光是站著就很辛苦。他將這些事情都拋在腦後，拔腳就要奔過去。

「娜芙德小——」

「……痛死了！啊啊混帳，真的很痛耶，菈琪旭，妳下手也輕一點好嗎！」

「——什麼？」

他停下腳步。

只見娜芙德手腳大張地倒在大地上，正發著不知是慘叫還是怒吼的聲音。總而言之，以屍體而言未免太吵了。

「我早說過妳不是可以讓我保留實力的對手了吧？」

「妳是有說過啦！我也有聽到啦！但就算這樣還是要有個限度吧！」

「畢竟妳說如果有骨氣的話，就要貫徹到底給妳看，要是我沒使出全力的話就太失禮了。」

「的確沒錯啦，哎真是的，混帳！」

費奧多爾覺得娜芙德好像很開心的樣子，只是不知道原因。

「……哎，有夠痛。這下子可能暫時動不了了。」

娜芙德用歡快的嗓音這麼說道。

她的態度相當游刃有餘，但「暫時動不了」這句話應該不是騙人的。菈琪旭剛才那一擊，可不是一時興起就能接得住的，也不可能有辦法毫髮無傷地承受下來。

「我不能再繼續追你們了，所以你們走吧。離開這裡，去貫徹你們那傻瓜般的任性吧。」

「娜芙德小姐……妳……」

「慢著，別說什麼不識趣的話喔。我可是難得帥了一回耶。」

他猛地將話語吞了回去。

心中浮現了很多想問的事情和想說的事情。然而，看著倒在地上笑的娜芙德，他實在說不出口。

他們轉過身，邁步前進。

「欸，菈琪旭。」

她停下腳步，頭也不回地問：

「幹麼？」

「妳應該還在迷惘吧？不知道要往前進，還是打住腳步。」

「這……」她支支吾吾了起來。「……這又怎樣？」

「趕快做好決定吧。珂朵莉那傢伙至少……哎，可惡……她一點迷惘都沒有。那傢伙可是從頭到尾都很滿足啊。」

一陣短暫的沉默。

「我會當作前輩的勸告銘記在心的。」

「少年你也是，要再變得更強一點啊。一旦發生什麼情況時，除了目送背影以外別無他法可是相當難受的。」

這是根據個人經驗的忠告嗎——

想如此詢問的話語沒能道出口。

「謝謝妳。」

因此，他只是微微鞠躬，然後——

——腳下一個踉蹌。

他就這樣當場倒地。

（……咦？）

「費奧多爾！」

菈琪旭的喊叫聽起來格外地遠。

「我……我說你，不要開這種玩笑啦，喂，你聽到沒有！」

（唉……這下糟了……）

他一根手指都動不了，也出不了聲，然後意識和緩地逐漸遠去。

「費奧多爾——！」

菈琪旭小姐，沒事的，不用擔心。

他不過是有點睏罷了。畢竟，他一路奔波到現在都沒怎麼睡過，又接連發生各種令人疲憊的事情，身體到處都在作痛，頭又像是要裂開一樣。但是，也只有這樣而已。

所以，真的不用擔心。

他已經忍不住了，才會稍微闔眼一下。不過，他很快就會醒來的。因為他的戰鬥才剛開始。

費奧多爾如此想著，就此昏了過去。

5．護翼軍三等武官私宅

真要說的話，從前的歐黛，就是屬於比較懶散的個性。會因為覺得麻煩而拖延該做的事情，感覺情況不妙時就糊弄過去。這種作風從未發生過什麼問題，她原本打算一直用這樣的方法來過日子。

歐黛現在的作風則完全相反。遲早必須做的事情，以及放著不管就可能導致情況惡化的因素，她都會盡可能提早解決。

有一把刀丟在長毛地毯上。

沾在刀身上的血緩緩地擴散開來，汙染了地毯。

「……這可有點傷腦筋了呢。」

往下一看，有個身穿護翼軍制服的人倒在那裡，制服上別著三等武官的徽章。

名字她忘了，不過直到剛才為止，她都在用「久別重逢的老朋友」這個設定和對方熱絡地閒聊家常話。理應早已沒落的墮鬼族瞳力，可以將自己與他人的心靈混合起來，破壞距離，扭曲認知。而若要解除這個能力，就必須把對方給殺死。

「**那些東西**是交由飛空艇『小孢菌』運送……但路上遭到襲擊，被洗劫一空，如今不知所蹤……」

她沉吟著剛剛才獲得的情報。

犧牲一個寶貴的生命才能獲得的情報，雖然確實非常重要，但同時也彰顯出要有更進一步情報的必要性。

「至於恐怕是帝國所為這一點……大概是假的吧，畢竟我這邊完全沒有接到相關消息啊……」

她稍微看了眼掛在牆上的鏡子，與鏡中滿臉困惑的自己對上眼。她問了句：「有什麼建議嗎？」但鏡中的自己當然不會回答。應該存在她腦中的同居人，似乎不打算為這種情況給予任何協助……不過，彼此本來就不是多要好的關係，所以她並不抱期待就是了。

「感覺這次很多事情都進行得不是很順利。莉妲妹妹也沒有聯絡我，但她算是經歷很豐富的孩子，想必不會有事的吧……唔嗯。」

她偏起頭之後，旁邊面向陽臺的大窗玻璃便發出細微的聲響。

「哎呀，來得真快。」

她頭也不回地朝對方這麼說道。

「我當然是一路趕來的啊。」

窗外傳來含混不清的聲音。

那是她從以前就很熟的情報販子的聲音。兩人從歐黛在帝國留學時期就認識了，當時歐黛還只是一個好人家的千金小姐。

「所以呢？為什麼約見面的地方變得這麼血腥啊？」

「我也是迫於無奈嘛，這個人知道的事情都沒什麼大用處。嚴密管制情報的組織真的很討厭，從一般小兵身上不管怎麼問也問不出個所以然來。」

護翼軍專門對付威脅到懸浮大陸群的存在。而在這裡的第一師團，現在是以帝國為對手來行動。這樣的對手不同於語言和道理都不通的〈獸〉。正因為語言和道理皆相通，才要謹慎細心地處理。第一師團非常了解這一點。

「儘管死亡也是工作的一部分，但那具屍體就是死了也沒有回報啊……」

窗外的聲音像是感到無言，又像是在裝糊塗一般，而歐黛沒有理會。

「我就直接問了，飛空艇『小孢菌』的事你知道嗎？」

「知道啊，那是遭到襲擊的護翼軍飛艇吧，當時正載著幾件超危險物品。順帶一提，噢對了，這個是不能出售的情報，那個布隆頓醫生和妮戈蘭女士也在關注這個消息。」

他的聲音不知為何微微顫抖著。

「哎呀……真意外，醫生他們的腳步倒挺快的，消息也很靈通。」

「畢竟其中一個是當地人，而且還是住得格外久的老居民嘛。雖說是半個圈外人，但也不容小覷。」

她想了想。

「『小孢菌』上有那兩人感興趣的東西嗎？」

「聽說是遺跡兵器莫烏爾涅。就我偷聽到的內容來看，那似乎不光是一把劍這麼簡單而已，感覺很不得了。」

「莫烏爾涅……莫烏爾涅啊……」

她搔了搔頭。

「雖然我不是很想妨礙那兩人，但也不能被他們搶在前頭。你知道襲擊者背後是誰在撐腰嗎？」

「是比魯爾巴盧恩霍姆隆恩家的前任當家。」

「比魯爾……該不會是**那個**吧？」

「對，就是**那個**比魯爾巴盧恩霍姆隆恩。」

「……這下子，情況可能就變得相當危險了。」

「就是說啊。附帶一提，妳可別問我人在那裡喔，他潛伏得有點深。畢竟他再怎樣都是名流，在城裡吃得很開。順便說一下，這座城市不是我的故鄉。如果他真的有心想藏，要追到他可沒那麼簡單。」

「是喔。」歐黛稍作思忖。「那麼，你可以拿出真本事去追嗎？」

「不是啊，就算妳說得那麼輕鬆也沒用，是真的很難行動。」

「情報販子怎麼可以嫌探聽情報麻煩呢？」

「就因為是情報販子，所以才知道謹慎行事的意義啊！」

他哀嘆著，不過——

「算了，好吧……要盡量達成贊助人的要求。我會另外跟妳收一筆錢，不能算在經費裡喔？」

「當然，我就知道你會這麼說。」

「這真是世界上最帶刺的信賴啊——」

他重重地嘆了一口氣。

「——對了，說到信賴，妳也差不多該告訴我了吧。」

「告訴你什麼？」

「就是那傢伙的事情啊。妳僱用我，還讓我做那些事做了好幾年。妳的目的到底是什麼？」

隔了一段時間。

「……不去探究女人的祕密，才能活得更久喔。」

她這麼答道。

「死者的去路」-a forked road-

1. 跳舞的妖精

娜芙德．卡羅．奧拉席翁在奇怪的帶路人引導下，走在陌生的夜路上。

如果透過扭曲的玻璃看這個世界，偶爾會看到沒有實體的七彩虹色隱約浮現出來；搖曳火焰一般的紅、晴朗天空一般的藍、沾染朝露的嫩草一般的綠，還有擰擠果實一般的紫。這些沒有邊界的無數色彩，緩緩地一邊交互混合，一邊在空中漫游。那不過是沒有原形的幻象，碰觸不到更遑論把它留下，只能用雙眼看著。

而在娜芙德眼前飄浮的**它**——孕育出無數色彩的光之碎片——乍看之下就是這樣的東西。當然，光是浮現於夜色中，就知道那並不是一般的自然現象。

「喂。」

也許是在回應她的呼喊，只見那東西一邊撒著光粉，一邊大幅度地搖曳著。

仔細一看，**它**是擁有手腳的。

再看得仔細點，便發現**它**具有無徵種孩子般的輪廓。

雖然看不清五官，但感覺是在笑，甚至似乎能聽到「呀哈哈哈哈」的笑聲。

「你是什麼啊？」

她不抱期待地這麼問道。而**它**果然只是又大幅度地搖曳起來，沒有給予一個她能理解的答覆。

「你從哪裡來的？」

「為什麼出現在我面前？」

「你打算帶我去哪裡？」

「我現在算是傷患，可不想走太遠啊。」

「我說你，有沒有在聽啊？」

一問再問，一問再問。

光芒一再搖曳，一再搖曳，笑著，跳舞著。

娜芙德放棄溝通，她沉默地跟在飄浮的光芒後面，用小孩子行走的速度，在昏暗的小道上邁步前進。

她並沒有感到不安或恐懼。在來往於地表和懸浮大陸群的生活中，她早就很習慣遇到超出理解的狀況了……不過，這或許不太一樣。因為她看著這個奇怪的光芒，不知為何會心生一股類似親切或懷念的感覺。

「……真是的。」

娜芙德露出苦笑，往上攏了攏頭髮。

現在這世道本來就已經夠麻煩的了，她眼前卻又出現更加麻煩的現象。那傢伙要帶她去的地方，一定還會有超級麻煩的傢伙在等著自己。她抱著這種近乎肯定的猜測。

穿過好幾個相似的小巷。

彎過好幾個相似的轉角。

感覺很不可思議，好像在同一個地方來來回回轉了好多圈，又好像走到了非常遠的地方。

最後果真走到了一處有著小小廣場和已經打烊的咖啡廳的地方。一名女子坐在露天雅座的椅子上翻閱著似乎很厚的書籍。

她身材苗條，是無徵種，一頭亮藍色的頭髮垂落至背脊。雖然那張側臉看起來有些不愉快，但娜芙德很清楚那傢伙天生就是這樣的表情。

「……真是的。嗨！」

看來事情是真的變得很麻煩了……娜芙德帶著認命般的覺悟低嘆著。而女子摘下眼鏡，動作優雅地抬起頭。

「好久不見，娜芙德，妳還留著長髮啊。」

那令人懷念的嗓音喊出了她的名字。

一路引導娜芙德到這裡的光芒竊笑著轉了一圈，然後融解消失。

「哦，是啊。真沒想到妳會出現在這裡。」

娜芙德搔著頭，直勾勾地注視著那名女子的眼瞳。

「好久不見了，菈恩托露可。有變得比較會算帳了嗎？」

菈恩托露可．伊茲莉．希斯特里亞。

年齡滿十九，跟艾瑟雅和娜芙德一樣，是黃金妖精裡最年長的三人。

約莫四年前，她以妖精的身分被派往奧爾蘭多商會工作，離開了妖精倉庫。

由於彼此都變得很忙碌，見面的機會不是很多，而且見面時也不會談到工作的事情。所以，娜芙德不清楚這個好友現在具體的工作地點和內容，只聽說她偶爾會回妖精倉庫。

「……哦。」

菈恩托露可像是想起什麼似的。

「我被派到奧爾蘭多商會工作只是表面上的說法。雖然算不上謊言，但也不是正確的事實。」

「啊？」

突然從她口中聽到了很不得了的事情。

「不是啊，我記得妳的工作是計算小麥袋之類的吧。」

「所以那就是表面上的說法。再說，我們黃金妖精必須一直待在尉官以上軍人的監視之下。奧爾蘭多商會可沒有這樣的人喔。」

「呃，是這樣沒錯啦。不過，也可以隨便抓個商會職員，任命為空有頭銜的軍人吧？就像之前那個二等咒器技官一樣啊。」

「沒有理由為了在商會安插妖精職員，而做到這種地步。我和被派到軍隊裡的妳不同，不需要擔任護衛去對付〈獸〉喔。」

有道理。娜芙德只能「唔」地陷入沉默。

「總之，我被派到商會工作是文件上的名義，只是方便行事而已。這四年來，我幾乎都在不太能公開說出口的地方來回奔波。」

娜芙德嘆了口氣，微微抬起視線。

「——跟這些傢伙有關嗎？」

菈恩托露可的身邊有幾個光點在閃爍，看起來和引導娜芙德來這裡的光芒相同……但一個一個細看的話，便發現它們比較小。

「對，妳認為這些是什麼？」

「誰知道，是新型的燈籠嗎？」

「不是。那麼，依妳的**感覺**，它們是什麼呢？」

娜芙德覺得這是個不懷好意的問題。

「感覺很像我們催發魔力的光芒。沒有生命的東西假裝成有生命的東西而使用的力量。所以說，這些是所謂的死靈嗎？」

「妳答對了一半。」菈恩托露可淡淡地說：「這些是……不，這就是妖精。」

「啊？」

眼角一斜，朱髮妖精凝視著在眼前飄浮的光點。

「在不知自己是誰之前就死掉的孩子，靈魂亦迷失其身分。它們總有一天會融解殆盡，消失於這個世界，而在賦予它們暫時的形體後，就會是現在這個模樣。」

「呃……慢著，先等一下，妳在說什麼？這聽起來簡直就是……」

「沒錯，就是我們的姊妹。」

光點呀哈哈地笑著。沒有任何原因，只是感覺很快樂的樣子。

娜芙德瞇起眼，發現光點的數量在不知不覺間似乎變多了。四個，不對是五個，不，是四個沒錯。才剛這麼一想，這次又變成六個。每數一次，數量都不同。光點不斷分裂又融合，完全沒有停下來的意思。如同灑在玻璃桌上的水滴，儘管有大小的區別，但數量並沒有意義。

——她開始感到作嘔。

「妖精本來就是如此。靈魂這種東西非常小、薄弱且無力。具備自我、創造肉體這種超出常識的事情，原本是不可能辦到的。」

作為沒有自我，沒有肉體，只是幻象本身的虛渺存在，光點跳起了舞。

「我賦予這種靈魂短暫的姿態與形體，也就是被稱為死靈術(Necromancy)的一種咒術。不過，像這樣構成妖精的術法，一般來說應該已經失傳了。」

「菈恩，妳……」

娜芙德呻吟著問道。

「這四年之間，妳到底都在做些什麼？」

菈恩托露可沒有回答，而是露出一派輕鬆的笑容。

「娜芙德，我之所以會讓妳獨自過來這裡，是因為我想告訴妳，教我這個術法的師父已經死去的事情。他的存在對這個懸浮大陸群來說實在太重要了。他已經不在的事實，將會引起巨大的混亂。因此他的死一直並未公諸於世——」

娜芙德明白了。她猜得沒錯，在這個麻煩的世道，被麻煩的現象引導至這裡的自己，毫無疑問地，遇到了前所未有的麻煩傢伙還有麻煩事。

「大賢者史旺·坎德爾，懸浮大陸群的創造者兼守護者，讓古代知識與祕術傳承至現在的活傳奇。他既是我的直屬上司，也是教我這戲法的師父。」她頓了一拍後，再道：

「他已經不在了。」

啊？

菈恩托露可不管僵住的娜芙德，逕自搖了搖頭說：

「不對，不只是大賢者而已。和他一起持續使用力量的地神也在三年前全數消失無蹤了。過去創造出這個懸浮大陸群，並且讓懸浮大陸群作為懸浮大陸群運作的人，已經一個都不在了。所以——」

她重新露出鋒利的視線，繼續說道：

「頂多只剩兩年。在那之前，懸浮大陸群就會失去現有的形態。」

2. 第五師團總團長室

從結論來看的話，應該可以說是進行得很順利。

這指的是護翼軍第五師團對展開〈沉滯的第十一獸〉的先制攻擊。

說到底，〈沉滯的第十一獸〉為何如此可怕？追根究柢，將觸碰到的東西盡數同化，以及吸收一切衝擊並轉為同化速度，這兩點便足以說明。就算被砲彈擊中，就算被爆炸衝擊波震到，也不會受到任何傷害。不僅如此，這只會讓〈獸〉獲得砲彈這樣的養分以及爆炸衝擊波這樣的燃料，白白讓它增大一圈罷了。

但換言之，也只有這樣而已。〈沉滯的第十一獸〉不會自己到處移動，也不會伸出利爪或觸手，更不會施展幻覺或意識汙染。如果不是直接接觸的話，它就不可能造成任何威脅。

也就是說，〈沉滯的第十一獸〉是可以近距離觀察的。

只要別直接接觸，甚至還能投擲試劑看看會有什麼反應。

至今以來，極少有人從事〈獸〉的相關研究。應該說，本來就幾乎沒有人近距離看過〈獸〉。正因為這裡是〈獸〉基本上到達不了的地方，懸浮大陸群才能存活到現在。確實有研究者會跟隨打撈者降落至地表，但也許該說不意外的是，幾乎沒人能夠活著回來發表研究成果。

然而，現在不同了。

護翼軍對於至今謎團重重的〈沉滯的第十一獸〉，有辦法進行諸多嘗試，以了解更多事情。

第五師團，總團長指令室。

自從進入戰鬥狀態後，第五師團這裡就沒有晝夜的區分了。宛如白晝般照亮的桌子上放著紙質較厚的簡略報告書，上面的字寫得龍飛鳳舞，並且如同字面意思地堆積如山。

「由於它就算遇到下雨也不會膨脹，已經知道它不會吸收水分這一點了。不過，油和酒也會排斥，至於泥水的話，主要只把沉澱物吞噬掉。看來液體都不會有事啊……」

艾瑟雅．麥傑．瓦爾卡里斯搔了搔頭。

「明天可以扔冰塊嗎？我想更深入地弄清楚哪些東西不會被〈第十一獸〉同化。」

「正有這個打算。」

第五師團總團長本人，被甲族(Armado)一等武官點了點頭。

「砲擊的效果怎麼樣？」

「雖然只能試試能在目前的距離下擊中的長距離砲擊，以及足以裝上飛空艇的兵器。但大致上，或者也可以如同預料，即使改變質量、形狀或推動力，會被它吞噬的東西還是會被它吞噬。不過，單純的投石攻擊是有效的，也確認到只要衝擊能夠穿過去，它其實比想像中還要脆弱。」

「……這個解決辦法看似意外卻很妥當嘛。」

岩石不會被同化。而且，只要沒有接觸到其他同化中的東西，造成的衝擊就會直接貫穿過去。既然如此，當然可以將這種手段納入考量。

「還不能說是解決辦法。如果需要足以解放或擊墜三十九號懸浮島的攻擊的話，光是挖掘投擲用的岩石，就會讓我們整座懸浮島都消失啊。」

「有效就很足夠了。說得極端一點，只要用石頭做出鞋子就能站在〈獸〉的上面，然後再用石斧把島嶼削掉就可以了。」

「這很需要毅力耶。」

「我不完全是在開玩笑喲。在覆於表面的〈獸〉上找到準確位置鑿洞，就能讓下方沒有變成〈獸〉的岩石露出來。懸浮島是在很久以前，被大賢者制定的『飄浮起來的島嶼』這個詛咒所束縛，才會存在於空中。我們只要潛入岩石內側直接攻擊，讓島支離破碎到不再具有島嶼的模樣，就會自己墜落到地面了。」

「太扯了吧。」

「不，我是認真的喲。其實，十五號懸浮島就是這樣墜落的——」

話雖如此，不管是要鑿洞讓岩石露出來還是怎樣，光是要破壞一座懸浮島，這件事本身就扯到了極點。即使收集再多的火藥和砲彈，成功率都無限接近於零。

十五號懸浮島當時，護翼軍在與龐大的〈第六獸〉戰鬥中選擇放棄懸浮島之際，有一名具備超出規格的力量的妖精兵也在場。那名妖精兵付出許多代價，完成了那個背離常識的偉業。

「——不過，要在這裡做到相同的事情……有點不太可能就是了。」

黃金妖精可以催發魔力直至失控狀態，然後放棄控制而引發大爆炸。這是她們的最後一張底牌，亦即妖精鄉之門。他們過去相當頻繁使用妖精鄉之門這項武器來確實打倒強悍的〈第六獸〉，因其擁有懸浮大陸群最高級別的破壞半徑與破壞密度，可謂不負祕密武器之名。

但儘管如此，要用妖精鄉之門讓懸浮島墜落還是不太可能的事情。就算具有吞噬整個戰場的爆發威力，也不可能將大地本身粉碎殆盡。從前那個暴衝到犯規地步的女孩子（在不開門的情況下！）所達成的極其相近的偉業，從各方面來看都超出了討論範圍。

——不能用這個方法也算是值得慶幸的一件事吧。

她將這句沒必要說出口的話語吞回喉嚨裡。

靠現在手頭上有的情資與戰力，還不足以與那個不合理的對手匹敵。但是，戰鬥本身可以說進行得很順利。勝利條件在於處理掉那個龐大黑水晶，或是找到相應的辦法。他們正一步一步踏踏實實地朝這場戰役的勝利邁進。

「另外還有個啟人疑竇的事情，從這裡到那傢伙的距離比試算的結果還要近一點點。不過，若要說是測量或計算上的誤差，也確實是只有這點程度的小差距而已。」

「也就是證實了菈恩**那件事**吧，這實在是一件很令人苦惱的事情啊。」

她搔了搔頭。

「潘麗可蓉這兩人有什麼安排？」

「還在後方待命。雖然想讓她們測試一下用魔力攻擊看看，但出事的風險太大了。而且也要考慮到緊急關頭的支援，所以還是等距離再縮近一點再說。」

她微微點頭。

「有預計要讓她們兩人開門嗎？」

「唔，既然身在軍中，任誰都要賭上性命。我不打算唯獨偏袒妳們的性命，真的有需要時，我會毫不猶豫地借助就是了……」

他拿起一張報告書搧了搧臉，繼續說：

「明明戰況會有這個需要，卻一直沒有用到啊。話說回來，就規格來看，妳們還真是非常難以運用啊。不僅彼此之間的威力和攻擊半徑的差異極大，也因為用完即棄，所以沒辦法進行事前測試。我說妳們啊，其實是只能用來對付〈第六獸〉的特化兵器吧？」

「哎呀，你真是一針見血耶。」

她呀哈哈地像往常一樣笑了起來。

「——我會相信你說的『毫不猶豫地借助』這句話的。」

態度陡然轉變。

艾瑟雅用像是從胃底擠出一般，又像是削弱精神一般的低沉嗓音如此低吟道：

「沒有時間了。無論要付出什麼代價，都不能再讓那頭〈獸〉繼續留在天上。」

「這是菈恩托露可提過的那件事嗎？」

「是啊，只剩兩年，恐怕還會更早，懸浮大陸群就會徹底失去懸浮大陸群的形貌。並且到時候，天上的〈獸〉就會輕輕鬆鬆地將一切吞噬殆盡……」

「沒想過要放棄一切逃走嗎？」

他用沉穩的嗓音這麼問道。

這名一等武官很愛開玩笑，動不動就說一些打趣的話，也經常把正經的話題岔開。他幾乎不會正色講沉重的事情，然而……

「這可能就是費奧多爾的主張吧，即使妳們所有人現在離開護翼軍，也不會對大局造成影響。反正對抗不了的〈獸〉就是對抗不了。而且，如果事情真如之前所說，那不管誰做了什麼，世界都還是會在近期內滅亡。也就是說，思考歷史收尾方式的時刻到來了。」

他緩緩說出這番不符合他作風的懇切意見。

「逃走喔，應該不太可能吧。」

「護翼軍已經沒有能夠回報妳們犧牲的獎賞了。第一師團眼下正為了處決穆罕默達利博士而行動。這個問題可是比世界會如何演變還要緊急。拯救妳妹妹們的那項技術，很快就會從這片天空消失。」

「……以前也有妖精這麼想過。看透了護翼軍，打算讓妖精逃走。但是，我選擇了否定這個做法的道路。不管受到怎樣的對待，護翼軍畢竟給予了我們容身之處，以及待在這裡的理由。不光是背棄或逃走，本來就沒有那麼簡單能離開了。」

†

在敲門的前一刻，手停了下來。

就這樣偷偷聽著從裡面傳出的對話聲。

手縮了回來。

然後，潘麗寶．諾可．卡黛娜悄無聲息地從總團長室前離開。

「不小心聽到好多不得了的事情。」

她雙臂環胸，一邊走在昏暗的走廊上，一邊自言自語著。

「……唔唔嗯。看來，情況似乎變動得相當激烈啊。」

潘麗寶與可蓉這兩名現在配置給這支軍隊的妖精兵，在目前為止的戰鬥中，始終都被安排在後方支援。潘麗寶對此感到心焦，才會來到總團長室，打算提議進行魔力攻擊測試，但是……

「唉，在悠哉度日時，徹底被這個世界給拋下了嗎？」

她停下腳步，抬頭看窗外。

三十八號懸浮島今晚的天空萬里無雲，蘊含淡淡光芒的月亮浮現於空中。

「於是，世界邁向終結。是要眼睜睜地見證世界結束，還是在那之前奉獻自己作為抵抗力量的基石呢……哈哈，真的是活在一個很奢侈的時代呢。」

一艘中型飛空艇慢悠悠地從空中橫穿而過。探照燈的光線大肆照亮四周。正好直視著它的潘麗寶舉起手掌擋在眼前，然後瞇起雙眼，嘴邊勾起微微一笑。

「那麼，費奧多爾。在這個忙亂的世界中，想當救星的你，此刻在哪裡做什麼呢？」

3. 藏身處

費奧多爾．傑斯曼慢慢地恢復意識。

腦袋有如灌進了融化的蠟一般沉重。

「啊好痛——」

太陽穴裡面像是被刨挖似的……一如既往地……疼痛。他驀然轉醒，同時間，夢中的記憶也逐漸遠去。

他試圖起身，但身體動不了。

他不解這是什麼情況，於是睜開雙眼。朦朧的視野一點一滴地恢復輪廓，他開始看得見陌生的白灰泥天花板，以及……

「你醒了？」

伴隨著明快且拚命的嗓音，嫩草色的頭髮跳了起來。

「緹亞忒……？」

「不要胡來啊，笨蛋！」

他覺得開了眼界。真要說，她平常總是板著臉裝大人，現在的表情卻亂得一塌糊塗。

「要是……要是你死了，我一定會……一定會……」

「覺得大快人心之類的嗎？」

「就算是開玩笑也不能講那種話！」

溼毛巾被換掉了。冰冰涼涼的，好舒服。

——頭痛不止。

「妳說得沒錯。」他決定老實承認。「我不該對擔心自己的人說這種話，抱歉。」

「唔……呃……」

緹亞忒，這個溫柔的少女是費奧多爾的敵人。正因為是敵人，所以她非常掛懷費奧多爾。費奧多爾是抱著什麼動機與目的而戰，她全都明白，於是才會露出現在這種表情。

這麼想來，像這樣被責罵無禮行為的經驗，幾乎不存在於記憶中。他並不是生長在那樣的家庭中，也沒有那樣的家人，而在從軍後，他也一直都是個優等生。這名少女彷彿從正面用力衝撞般的態度，讓他有一種非常舒服的感覺。

「我沒想到妳會擔心我到露出這種表情的地步。」

緹亞忒吸了一次鼻涕後說：

「我的表情很正常啊。」

她別開臉。可以從側臉看到她的眼睛紅得鮮明。

「妳的聽音聽起來在哽咽耶。」

「這是正常的聲音啊。」

有夠嘴硬。他覺得再追究下去也沒有意義。

「我怎麼了？」

「勉強自己到處奔波，傷口裂開，被娜芙德學姊狠狠揍了一頓，然後昏迷了。明明一直靠精神撐著，但因為放鬆下來了，所以從那之後就睡了整整一天。」

窗外很明亮，看來整整一天並不是比喻之類的。

的確，整段過程聽下來，光是沒丟掉小命就該謝天謝地了。但撇除這點不談，他還是覺得失去的時間很可惜。畢竟對現在的他來說，時間的流逝就是敵人。他想要盡快贏得戰利品，這股焦急在他胸中燃燒著。

一碼歸一碼。他抬頭看緹亞忒。

「……為什麼妳會在我旁邊？」

「我和娜芙德學姊走著走著，她突然臉色大變地飛走了，所以我追上去。追到之後，就看見娜芙德學姊和你，還有戴面具的孩子倒在地上。學姊叫我不要管她，我又不能放你逃走，就帶著你和帶面具的孩子一起移動。這裡是你的藏身據點，是菈琪旭帶我來的。然後，現在就是三個人輪流照顧你。」

她淡淡地說道。

「三人？」

「我、菈琪旭和那個戴面具的孩子……好像叫斯帕達吧。」

「……咦？大家都在嗎？」

內心冒的冷汗順著額頭滑落下來。

「光是一聽就覺得這組合很不得了，妳們沒有吵架……吧？」

「沒有。我知道現在不是吵架的時候，而且我也打算在你恢復健康之前暫時休兵。菈琪旭也同意這麼做。」

緹亞忒看似不情願地這麼說道。他很慶幸她是個能夠冷靜判斷的人。此外，他心中也湧起或許這種結果也不錯的想法。

……菈琪旭和緹亞忒。這兩人以前感情真的很好。就算友情已經破裂了，他也不希望她們兩人互相爭鬥。

「是說，妖精兵可以這樣擅自外出嗎？監視的尉官呢？」

「的確是這樣……哎呀，這真的不知該怎麼辦才好。」

她臉上的表情複雜難言。

「可是，嗯，葛力克先生說隨我們想怎麼做就怎麼做，所以應該……沒關係吧……還是不行呢……」

那又是誰？

「妳不抓我嗎？」

「已經抓到了吧，只差還沒帶回去軍隊而已。我不會再讓你逃掉了。」

緹亞忒的嗓音微微顫抖著。

「……大概是前天吧，有幾個在城中作亂的帝國潛伏兵被逮捕了。然後，他們被帶進陰暗的地下室，接受『審訊』。」

她傻笑了一下。

「那個慘叫聲，我短時間內應該忘不了吧。」

在大陸群憲章中，禁止以非人道的方式對待都市間戰爭中的俘虜。然而，各種族的倫理與生態本就不同，在「非人道的對待」這一點上無法達成一致的認知。就算羅列出再多條禁止事項，也難以控制模糊不清的現場解釋。

也就是說，大陸群憲章無法阻止，也沒有阻止軍方審問俘虜時動刑。況且，戰局是市街戰，對方採取的是游擊戰術。一想到光得到一個情報或許就能將敵方部隊一網打盡，結束戰鬥狀態，軍方想必會不擇手段。

「我又不是帝國兵。」

「不過，反正你一定知道很多和帝國那邊情況有關的消息吧。這樣的話，軍方就會毫不留情地審問你喔。」

他沉默。

「我的任務跟第一師團與帝國之間的紛爭無關。倒不如說，要是你被打殘，我會很傷腦筋。所以在情況穩定下來之前，我不會帶你回去第一師團，暫時像這樣牢牢看住你。」

「原來如此啊。」

緹亞忒和費奧多爾是敵對關係。至少他們兩人是這麼互相宣言的，各自心中的認知也很類似。但是，這不代表他們希望對方受傷。就情感面而言，反而完全相反。

費奧多爾對於緹亞忒這些妖精兵，緹亞忒對於包含費奧多爾在內的許多人，都不希望彼此受傷，能夠健健康康地度過接下來的日子。為了實現這個願望，他們兩人也已經做好犧牲自己的覺悟。並且，正是因為看不慣對方的這份「覺悟」，他們才會無法認同彼此。

（……這件事要是傳到潘麗寶那邊去，大概會被笑說「你們兩個真的很像耶」之類的；換作是可蓉，她應該會說些「活力第一！」這種莫名其妙的話，然後放聲大笑吧。）

想像到這裡之際，他感到胸口微微刺痛。

（如果是以前的菈琪旭小姐……可能什麼都不會說，就露出一張傷腦筋的臉吧。）

他很容易就想像得到。

陪伴在玩鬧的朋友身邊，但不知何故總是神色落寞地看著大家。以前的菈琪旭，就是這樣的少女。

「……啊好疼。」

他的頭很痛。

「再稍微躺一下吧，你的臉色真的差到不行。」

她邊說邊環視屋子，嘴裡喃喃說著：「沒有鏡子啊……」

「我等一下會拿點吃的過來。聽好了，你必須乖乖躺著喔。」

「知道了啦。」

4. 菈琪旭與緹亞忒

可以聽到從窗外傳來大得驚人的雨聲。一開始只是點點細雨，結果下一刻就變成了傾盆般的豪雨——這是大概半天前發生的事情。氣味之類的痕跡全都被沖刷而去。對身為逃亡者的他們而言，這是非常值得慶幸的一件事就是了。

「…………」

尷尬的時光不斷流逝。

菈琪旭保持沉默地瞥了緹亞忒一眼。

沒錯，就是緹亞忒，擁有嫩草色頭髮的妖精兵。依照「菈琪旭」的記憶，在從小就一直在一起的四人組當中，緹亞忒應該是最為年長，也是領袖般的人物。

儘管得到了這些知識，她還是無法實際感受到這是一起長大的對象。對於現在在這裡的菈琪旭而言，能實際感受到的頂多只有「前幾天在三十八號懸浮島森林中持劍交鋒，而對方被痛打到無法還擊」這樣的關係罷了。而對於緹亞忒來說，恐怕也是差不多的情況

（雖然立場要顛倒過來）。

——走開，妖精兵。我不會把那個人讓給妳的。

——妳是……菈琪旭嗎……？

——對不起，我不記得妳是誰。

當時，連她也覺得自己的態度很冷淡。事到如今，兩人之間不可能有熱絡交談的餘地了。但是……嗯，一部分也是為了驅散這種難以開口的氣氛，她有些問題想問問緹亞忒，也有想確認的事情。

「我問妳。」

緹亞忒的肩膀抖了一下。

「什……什麼事？」

「妳現在幸福嗎？」

「……呃，什麼意思？」

緹亞忒看似感到有些疑慮地皺起眉。

「妳突然問我這種問題，我也不知道妳是什麼用意。再說，這本來應該是我要問妳的問題吧。」

菈琪旭心想有道理。忽然背棄感情融洽的家人，（被大家認定）跟著壞男人私奔的人，是自己沒錯。

「我很幸福啊。」她稍微偏起頭。「不僅有了喜歡的人，也切身感受到那個人很珍惜我，發現自己心中另一種全新的心情也讓我感到非常新鮮。」

「唔！」

不知怎地，緹亞忒像是被壓制住氣勢似的陷入沉默。

「——我已經很幸福了，所以才會在意妳們是否也確實獲得了幸福。」

「這……這種事情又不是很重要。」

緹亞忒的聲音失去冷靜。不知道是到目前為止從未思考過，還是不想去思考，抑或是決定不去思考。不管是哪一個，尋找這個問題的答案似乎是個伴隨痛苦的行為。

「是說，為什麼妳要問這種問題啊？妳早就忘記我們了吧？我們對妳來說是陌生人了不是嗎？」

緹亞忒這次像是鬧彆扭似的這麼回道。句句都是問話，就這麼不想回答她的問題嗎？

「我有想起來一點。」

這一瞬間，緹亞忒的表情看起來就像發現了遺忘已久的私房錢。

「——騙人！」

「一點點而已。緹亞忒·席巴·伊格納雷歐，大陸群公曆四二七年夏天誕生，出身四十七號懸浮島。專長是背誦看過的書籍和映像晶石，喜歡的飲料是加了蜂蜜的牛奶。最後一次尿床是十二歲看完魔女題材的映像晶石後唔呃……」

「嘎哇啊啊啊！」

緹亞忒發出類似咆哮的尖叫聲，並伸出手掌飛撲過來摀住菈琪旭的嘴。

「我知道了！我知道了啦，妳不要再說下去了！」

菈琪旭的鼻子也被摀住了，難以呼吸。話說回來，這個房間裡只有她們兩人而已，叫她別說下去又能有多少意義。

「……其他人的事情也想起來了嗎？」

「可蓉最後一次應該是十一歲秋天的那次吧？真的是很壯觀的懸浮島地圖。至於潘麗寶的話……我想不太起來，她很會隱瞞這種事情。」

「不是啦，誰在跟妳講尿床啊！」

菈琪旭自己也清楚，但順著對話的走向，她忍不住就接著說下去了。

「啊，不過，既然妳想得起這些事情的話……」

緹亞忒說到一半聲音變小。

「妳有沒有——回來的打算呢？大家一定會很高興的。」

啊。

果然會說到這件事。

緹亞忒選擇用「大家一定會很高興」這句話，想必有經過一番斟酌，因為她說的並不是「大家都在等妳」。明白妖精這種生物的夥伴已經接受了菈琪旭·尼克思·瑟尼歐里斯個人的死與消亡。就算感到悲傷，就算感到寂寞，大家也沒有拿這個當理由來逃避現實。

「謝謝妳……我真的很高興能聽到妳這麼說。」

她由衷地說出這句話後，搖了搖頭。

「可是，應該不行吧。我不想跟費奧多爾走不同的方向。」

「方向？」

「我不覺得我和他能永遠待在一起。我是泡沫，只是短暫的夢。不能一直讓他停留在假寐的狀態……老是在睡的話，反而對身體不好喔。」

彷彿開玩笑一般，她笑著這麼說道。

她在想，自己終於說出口了。

費奧多爾很擅長說謊，但看樣子是很不擅長隱瞞。雖然從各方面來看都很令人擔心他的將來，但暫且撇除這一點不談，菈琪旭大致明白了他正在隱瞞的其中一件事。

對費奧多爾而言，菈琪旭待在身邊會為他帶來極大的負擔。

當然，她並不知道負擔的程度與解決辦法這些具體的情況。但是，她至少明白兩人不可能永遠維持著現在這樣的關係。總有一天，不管是以哪種形式，她都必須從他的身邊消失。

「所以最起碼，就算分隔兩地，也要追求著相同的事物，朝同一個方向前進。唯有這一點，我並不想放手。」

緹亞忒目不轉睛地盯著菈琪旭的眼睛，像是感到傻眼似的鬆懈表情後，她移開視線思考了一下，接著一邊發出「嗚嘎啊啊啊」這種意義不明的叫聲，一邊撓抓著頭，倒在自己的大腿上。

「……妳怎麼了？」

「沒事，我只是很想暴打費奧多爾一頓而已。」

「緹亞忒妳好奇怪喔。」

「我才不想被現在的菈琪旭這麼說咧！」緹亞忒瞬間抬起身體，向她抗議道。緹亞忒說得沒錯，從她的角度來看，現在的自己絕對奇怪到了極點。

「啊，不過妳別誤會喔，我並不是想要他當我的戀人。我沒打算要從妳身邊搶走他，當然也沒有獨占他的意思。」

「不對不對不對，他又不是我的戀人，而且我們還打從心底討厭彼此好嗎！」緹亞忒用堅定的語氣說出這番菈琪旭似乎在哪裡聽過的話。

「我們是敵人啦。況且，該怎麼說好呢……」緹亞忒愈說愈沒有底氣。「那個傢伙是我最不想輸的對象。」

「是喔。」

菈琪旭覺得這兩人真的很像。她現在開始可以一點一滴地窺看到過去的記憶，因此她很清楚這一點。

這兩人都非常重視彼此，但相較之下，對自己則不怎麼重視——不如說他們甚至期望著自身的毀滅。所以，這兩人都看對方不順眼，不惜激烈地互相否定，發生衝突也要阻止對方。彼此都透過這樣的方式在拯救對方脫離毀滅。

這是她無法勝任的角色。菈琪旭這麼想著。

她打從心底希望這兩人能得到幸福。不過，如果這個「心底」指的是她自己的話，她就不清楚是源自於哪個人的哪一段記憶了。

「……我覺得可能已經沒辦法了。」

「咦？」

「就是剛才提到的，是否幸福的問題。」

——啊，沒錯，是有談到這件事。

「說起來，我根本不知道幸福是什麼。我在想，那種東西可能要和大家一起尋找才找得到吧。」

——啊，沒錯。這孩子，不對，包含「菈琪旭」在內的那四人，就是這樣的一群孩子。始終都是同進同出，一直過著快快樂樂的生活。

離別的時刻總會來臨，遲早有一天會在不同的地方，追求著不同的事物，想著不同的事情。儘管她們理解這一點，卻從未做好覺悟。

「對不起。」

她將手放在嫩草色的頭髮上揉了揉。

「我奪走了妳的幸福。」

「才不是這樣，錯的不是菈琪旭，全都要怪那傢伙啦。」

緹亞忒無力地推開她的手。

「全都是那傢伙的錯。我已經這麼決定了。」

失去撫摸對像的指尖滯留在空中，與此同時，菈琪旭心想：

真的很抱歉，從妳們身邊搶走了「菈琪旭」，奪走了妳們四人最後可以相處的時光。

所以總有一天，我會將我的幸福，全部都讓給妳。

雖然這麼做補償不了什麼，也償還不了什麼，但至少讓我盡一點心力——

「好！」

緹亞忒突然幹勁滿滿地猛力站起來。

「怎……怎麼了？」

「該吃飯了，吃飯！現在正是吃飯的時候！」

緹亞忒用一股莫名其妙的鏗鏘力道如此斷定著。

「反正依那傢伙的個性，肯定是從那一夜之後就沒好好吃過飯吧？」

「呃……這個……」

氣勢受到壓制的菈琪旭開始回想。

她覺得也不算是都沒有吃東西。

有一種叫作Ｌ２種標準兵糧的調製食品，沒有味道，口感也很糟糕，唯有滿滿的營養濃縮其中。跟其他保藏食品比起來重量較輕，又很耐放。而且只要吃了這個就足以維持生命活動。除此之外，拜沒有味道所賜，大多數種族都吃得下去……因此，在飛遠程航線的飛空艇上堆得像山一樣高，是船員熟悉到厭惡的東西。

這種食品就是費奧多爾最近的主食。他本人表示：「不需要花時間調理，也不用花時間吃。」至於其他食物的話，他似乎總說著：「動腦筋需要糖分。」然後一邊吃砂糖做的糕點和糖果之類的。

菈琪旭這麼說完之後……

「那才不叫作吃飯。」

緹亞忒毫不留情，一針見血地全盤否定了回去。

「話說回來，偏偏妳就在那傢伙身邊，怎麼會搞得這麼可憐兮兮的啊，菈琪旭！一定要家人一起圍著餐桌開動，並且好好攝取均衡的營養才行！在我們之中最講求這件事的不就是妳嗎！」

「呃，我……」

經緹亞忒這麼一說，她才回想起來，以前的「菈琪旭」確實是這種類型的少女。喜歡烤麵包，也喜歡讓別人吃自己烤好的麵包。為了得到更多人的一句「好吃」，她每天都勤加努力，從不懈怠。

然而，話不能這麼說。當時的「菈琪旭」與此刻在這裡的自己，儘管是同一具肉體，也多少繼承了相同的記憶，但內在的人格完全不一樣。她希望緹亞忒能稍微考慮到這方面的情況。

「多說無益！」

不論是抗議還是藉口，緹亞忒都不肯聽進去。

於是，便決定要大家一起**正確地**吃頓飯了。

她們也邀請了戴面具的人物，也就是「斯帕達」。

但是他──或者她──看似困擾地搖搖頭，然後逃掉了。

自從被帶來這個藏身處之後，緹亞忒和菈琪旭幾乎都沒能跟「斯帕達」說上話。唯一可以確定的是，這個人看起來是很關心費奧多爾沒錯，但除此之外的來歷等等就完全不得而知了。

「…………」

緹亞忒注視著黑色斗篷背影的眼神，有時候似乎混雜著幾絲複雜的情感。也許是有些什麼想法吧。

根據緹亞忒的說法，費奧多爾的口味基本上跟小孩子一樣。像是黏糊糊的甜食和簡單好懂的辣味，還有吃起來有嚼勁、口感有趣的東西，再來就是單純的飽足感。只要給費奧多爾．傑斯曼以上這些東西，他應該就會開心地享用……這便是緹亞忒的主張。

原來如此。菈琪旭這麼想著。這是她完全不曉得的資訊。

（……也是。）

她不曉得的，不是只有關於費奧多爾的事情而已。

菈琪旭再次察覺到，她大概什麼也不曉得這一點。

過去的妖精兵愛洛瓦．亞菲．穆爾斯姆奧雷亞一直都是生活在妖精倉庫——在當時和家畜棚屋沒兩樣——這個狹小的世界裡。雖然是和姊妹一起生活，但和現在妖精倉庫的情況沒有任何相似之處。在飲食方面，等同於是在吃沒有味道的飼料。所以，像是親手做自己要吃的東西，或是自己選擇要吃什麼，這類的想法對她們來說實在太遙遠了。

（這些孩子……和我所知道的黃金妖精真的很不一樣。）

她閉上眼睛，將手置於胸前，探尋「菈琪旭」的記憶。

舉例來說，這個時代的妖精會一起種田。

年長者會給年幼者唸故事書。

偶爾會大家一起吃蛋糕。

這是……對，沒錯，這是愛洛瓦從前所期望的未來。她希望在遙遠的未來能夠實現這個願望，也許會是她的妹妹們，或是後面的妹妹們，甚至是更後面的妹妹們。她在過去便是如此盼望著，想讓未來某一代的黃金妖精過上這樣的生活。

那一天懷抱的遙遠夢想，在經過長久的歲月後，如今的確實現了。現在的她們正過著原本存在於那個夢想另一端的生活。

（……原來如此。）

察覺到這件事的瞬間，她不禁笑了出來。

很久很久以前，只有他們三人共同懷抱著那個夢想；愛洛瓦自己、她的摯友納莎妮亞，以及穆罕默達利醫師。

（穆罕默達利醫師一定做了相當多的努力吧。）

一想起那個看起來很懦弱的大漢，她的笑容就更深了。然後還有妮戈蘭——這是菈琪旭的記憶告訴她的。那名女性不存在愛洛瓦生活的時代，她成為妖精的母親，一直支撐著作為家庭的妖精倉庫。

（……要是我早點想起來的話，就可以直接跟他們本人道謝了。）

如果她說出自己擁有愛洛瓦的記憶與自覺的話，不知道他會回些什麼；如果她說出「菈琪旭」遺失的記憶化為碎片留在了體中，不知道她會露出什麼表情。

也許未來某一天，會有機會找到這些「如果」的答案吧。

5. 溫暖的餐桌

費奧多爾．傑斯曼一字一句地解讀著眼前的密文。

將意義不明的一串記號化成文字，然後把文字連接成詞彙，再把詞彙排成文章，揭露隱藏在其中的意思。儘管不定期襲來的頭痛讓他感到很煩躁，但他還是耐著性子，緩慢而準確地收齊密文的意思。

他在解讀的是自己拚盡全力從第三資料室帶出來的那個檔案。

是遺跡兵器莫烏爾涅相關詳細紀錄的其中一部分。

這當然屬於相當高階的機密，利用了多重密鑰來採取嚴謹的加密，只不過對費奧多爾沒有用。雖然多數頁面上的情報都被刪到不自然的地步，但這種審查方式本身也透露出了大量的情報。

於是——

「呼……呼呼……呼……」

隨著解讀的進行，他臉上不禁浮現出了笑容。

他猜自己現在應該露出了非常不像話的表情，可以感覺到臉頰綻放出大大的笑容。他心想絕不能讓任何人看到自己這副模樣。

「是不是還在睡啊？」

門開了一條細縫，另一端傳來菈琪旭壓低的嗓音。

「咦……啊，呃……」

在背對著門的情況下，費奧多爾趕緊揉搓幾遍自己的臉，想盡辦法撕下這張彷彿緊貼在臉上的笑容。

他回頭，看著菈琪旭的臉。

這一瞬間，他想起來了。他為什麼必須對抗湧上心頭的喜悅？究竟是什麼試圖將他的臉部肌肉扭曲成不像話的形狀？

「你醒著啊，飯已經準備——」

「對了，菈琪旭小姐！我有件事想告訴妳！」

「——咦？」

「是關於上次提到的『莫烏爾涅』，我了解到許多事情。看來我似乎中了超出預期的大獎喔。妳看，這一頁……就是這裡，雖然多重暗號真的很麻煩，讓我傷了一番腦筋，但是非常值得。」

「……等一下，你不是在休息嗎？」

他不可能做那種浪費時間的事情。

時間是有限的。在悠哉地放鬆的時候，根本不知道會錯過什麼事情。再說，既然眼前還有事情可做，就算想睡覺，身體也睡不著。焦慮和興奮會持續不斷地刺激著心臟。

「粗略來說，這是讓兵團的素質跟最強士兵達成一致的劍。」

於是，他毫不理會地繼續發表解讀結果。

「根據人族的資料，是『將集團中的戰力與戰意全部加起來後，讓所有人共享』。對於這一點，護翼軍也曾實驗過，似乎已確認是事實。共享戰力，換句話說，就是『複製用劍好手』。可以將至今為止被強制獨占的東西，複製出一模一樣的分給許多人。」

怎麼樣，厲害吧？他阻止不了自己露出得意的笑容。

「……你……」

「**意思就是，可以讓任何人都擁有妳們妖精的力量。**」

沒錯。這才是最重要的事情。

「以前之所以只有妳們要受傷，是因為只有妳們的力量才能對抗〈第六獸〉。因為妳們的力量實在太過突出，又相當特殊。然而，這把劍可以將這個前提破壞殆盡，任何人都能取得與妳們相同的力量，和妳們站在同一個地方並肩作戰。」

費奧多爾·傑斯曼無能為力。

歸根究柢，這個事實就是他的出發點。

姊夫死了，**女兒**死了，接連眼睜睜地失去那些如同家人一般，或者說應該已成為一家人的人，費奧多爾·傑斯曼卻莫可奈何。就連陪伴在負傷戰鬥的人身邊，代其承受傷害這種事都做不到。

因此，少年期望著即使無能也能挺身而戰的戰場，或者是找到能夠在那種戰場挺身而戰的途徑，然後——

「——我也可以為了守護妳們而戰了。」

就在此刻，他找到了那樣的戰場，以及通往戰場的途徑。

「費奧多爾。」

「疑慮在於，看來還有個懸而未決的巨大問題，而且似乎嚴重到被歸類在最高機密之中。」

一句接一句地，話語不斷從他口中流洩而出。

「『莫烏爾涅之夜』，就是穆罕默達利醫生提到的那個字眼。我在想，要麼是莫烏爾涅的啟動實驗失敗，要麼是在戰場上失控。大概是發生了大型突發事故，以至於當時的護翼軍放棄解決問題，決定把莫烏爾涅的存在整個掩藏起來。想必沒那麼好解決，但現在的條件應該已經和當時不一樣了。我覺得可以用現在的技術與知識再次挑戰，不過要謹慎一點就是了。畢竟，如果『莫烏爾涅之夜』的問題得以解決，穆罕默達利醫生所說的『黃金妖精調整技術的危險性』的問題也能迎刃而解。一切發展都會變得很順利——」

「費奧多爾！」

他滔滔不絕的語速被打斷了。

手掌夾住他的臉頰兩側，用力地將他的脖子抬起，讓他的臉固定在正前方。雙方對上彼此的眼睛，視線直勾勾地交纏在一起。

他終於發現菈琪旭的表情很凝重了。

「聽好了，我很高興你這麼為我……為我和黃金妖精著想。看到你認真地為了未來而行動，也讓我非常高興。可是呢……我這是擅自整理其他妖精的意見代為陳述出來就是了……那就是，我們誰也不希望看到你為此而受傷或導致身體衰弱。」

——唉，什麼嘛，原來是在介意這種小事啊。

「你的臉色看起來好像隨時都會死掉一樣。」

——或許是這樣沒錯。自從他醒來之後，就一直專注在解讀暗號上。結果因為幾乎沒睡到，導致頭腦和身體幾乎都沒有休息。頭還是一如既往地痛，全身的傷口想當然也沒有痊癒。感覺糟到了極點，隨時都有可能倒下或吐出來，但是……

「就算一個有點髒的墮鬼族死掉了，也只不過是讓世界變得乾淨一點罷了。妳們的未來絕對重要多了……」

臉頰發出清脆的聲響。

一記巴掌以絕佳的角度與時機打在了費奧多爾的臉頰上。

完全猝不及防。費奧多爾對於突如其來的火辣辣疼痛感到困惑。

「……菈琪旭……小姐？」

頭痛更加強烈了。他忍受不住地扭曲了表情。

「你為什麼要說那種話？」

她的聲音聽起來在哭。

「為什麼你察覺不到自己所說的話代表什麼意思啊？你以為這種讓你受傷、讓你流血、把你踐踏在腳下之後所得到的未來，我們就會欣然接受嗎？」

頭痛愈發嚴重。心跳聲有如大鐘，在頭顱內回響。費奧多爾咬緊了牙關。

「妳們怎麼想不關我的事，我就是要把自己的期望強加在妳們身上——」

「那種期望，我連本帶利地退還給你！」

她毫不留情地打斷他無力的抗議聲。

「——我現在就在這裡。」

她抓住他的領口，猛力一拉。

「明天會怎樣我不知道，但現在的我，確實就在你的眼前。」

菈琪旭小姐。

他沒能喊出這個名字。

不僅如此，他像是被咒語束縛住似的，全身動彈不得。

彼此的距離很近。

感覺得到她的吐息。

嘴唇近在眼前。

「我現在——」

「啊……咳咳。」

咒語解除了。

費奧多爾立刻別過臉去，不對，是轉頭看闖入者那邊。只見緹亞忒站在大大敞開的門外，臉上帶著像是生氣又像是感到傻眼一般的微妙表情，相當刻意地不斷重複著咳嗽聲。

「很抱歉在氣氛這麼好時打擾你們，但現在該吃飯了。話說回來，菈琪旭妳在做什麼呢？」

「……真是的。」

他的領口被放開了，整個人差點往後倒去，還好勉強站穩了。

「這個壞心眼的姊姊。」

「我可不是來得不湊巧喔，從剛才開始我就在了。原本怕打擾到你們，我就等了一下，但再不管的話感覺會一直拖下去，所以我只好出聲了。其實，菈琪旭妳已經察覺到我了吧？」

那絕不容情的冷淡嗓音，讓人彷彿置身在冬天的天空下淋著大雨。

「熱騰騰的飯菜冷掉就不好了，麻煩要做羞羞臉的事情等吃完飯再繼續。」

「才不會做哩！」

他反射性地發出抗議的聲音後，她只回以冰塊般的眼神。

†

話說，科里拿第爾契市是一座大都市。

大都市這種地方，就是會有許多飛空艇不斷進進出出。只要有許多飛空艇進出的話，想當然地，就會有大量形形色色的物資在這裡流通。

在其他都市和懸浮島看不到的珍貴食材，滿滿地裝在巨大的竹籠裡，一排一排地擺在路邊的攤販處。而且掛在前面的價格牌也很驚人。大概有雙臂環抱那麼大的沼魚，一整隻只要五帛玳。許多不常來科里拿第爾契市早市的人都會被其規模感到不知所措，接著就會受到迷惑。買到賺到，沒有理由不買——像這樣，在眼花撩亂之間，荷包也失守。

又大又熱鬧的市場，會打亂消費者計算價錢和數量的判斷。

在藏身處此刻的餐桌上。

「味道很棒喔，真的。」

緹亞忒一邊游移著視線，一邊這麼說道。

拌進雞肉塊的麵包粥、壓成泥的三種薯類、燉煮根菜類與發酵麥火鍋、用布巾包起來蒸的野菇——每一道菜餚都在餐桌上冒著香噴噴的熱氣。實際上淺嚐一口後，也確實都做得相當美味，但是……

「只不過，呃，感覺好像搞錯了什麼東西之類的。」

緹亞忒依舊四處飄著視線，嘟嘟囔囔地說道。

「希望不會造成致命性的一擊。」

菈琪旭竊笑了幾聲。

費奧多爾不知道自己究竟該做何反應才好，只是抽搐了一下嘴角。他的頭陣陣抽痛。因為這個緣故，他不用費力就露出了微妙的表情。

「可能有點太多了吧。」

簡單來說，就是這麼一回事。

雖然並不是每一道菜的盤子都很大，但數量一多就不同了。餐桌上的菜餚份量，實在不適合夾雜著半個病人的他們三人。

「……呃……」

「不要露出鬆懈的表情啊，費奧多爾。你可是男孩子，是主戰力喔。」

「拜託別對病人的胃口抱有太大的期待啊。」

費奧多爾一邊嘀咕著，一邊拿起湯匙。

他將一口麵包粥送進嘴裡。

雞肉塊隨著柔軟的麵包一起在舌尖化了開來。粥的甜味在嘴中擴散，有一種隱隱宣示著存在感的微微苦味藏在背後，可能是加了有點多的香草所導致的。這種滋味既簡單卻又多采多姿，因此他忍不住……

「……真的耶，很好吃。」

很可恥地，說出了肺腑之言。

「我就說吧。」

緹亞忒一臉得意地用鼻子哼了一聲。

「這是妳做的？」

「拿手料理。我們倉庫是要輪流幫忙作菜的。」

據她所說，在妖精倉庫，也就是黃金妖精的老家，基本上是由妮戈蘭——前幾天見過的食人鬼——包辦一切家務事。但是，由於她的教育方針，再加上單純人手不足的緣故，這些妖精也會協助很大一部分的家務。擅長下廚的孩子還會負責煮一兩道菜之類的。

「一直都是一次煮好大家的份，所以我有一點不太習慣調整份量。」

「有一點」這種形容會不會太過保守了些？雖然他內心這麼想，但當然沒有說出口。

緹亞忒繼續表示，以前的菈琪旭是她們這一代最會下廚的人。雖然現在的菈琪旭把一切都**忘記**了，但也許是身體還記得，所以立刻就抓住訣竅，順利地完成作菜的程序。

「……這樣啊。」

他重新思考現在這個狀況。

緹亞忒和菈琪旭，再加上費奧多爾自己，三個人圍繞著一張餐桌。

不用去想任何人的死亡，只是單純地共同度過平靜的時光。他從未想像過會有這樣的時光，所以也未曾抱有期待。這種狀況完全出乎他的意料之外。

（啊……不妙……）

眼角一熱。

當他發現自己快哭時，溼潤的感覺已從眼皮下方滲出來，就算想忍住也太遲了，斗大的淚水滑落臉頰也只是時間的問題。但是，對於面前這兩人，他各自抱有不同的理由，不想讓她們看見這種沒出息的眼淚。他思考有沒有對策。有了。他猶豫了一下，但只能這麼做了。

他抓起眼前正冒著騰騰熱氣的盤子，狼吞虎嚥地吃掉上面的東西。

好燙，燙得不得了，燙到令人想哭，應該說他開始想哭了。斗大的淚珠撲簌簌地滾落下來。

「……呃，你在做什麼啊？」

「幹麼吃那麼急，這些菜又不會跑掉。」

沒有啦，哈哈哈。他笑著糊弄過去，光明正大地擦掉淚水。

頭好痛。

「……話說回來。」他突然發現一件事，「『斯帕達』呢？他在這個屋子裡對吧？」

照理說是這樣才對，但他到現在還沒見到那個人的身影。

「唔，我們想說機會難得，邀他一起吃飯，但他逃掉了。」

「……要和不同種族的人一起吃飯確實沒那麼容易。」

這是因為身體構造不同，需要的營養素和喜歡的味道也不同。讓口味完全不同的不同種族坐在一起吃飯，是非常危險的事情。有時候要面對古怪食物這個字眼還不足以形容的文化差異。

當然，絕大多數的場合都能用調味料和香料應付過去。比方說，大型獸人因體質問題而需要大量攝取油脂，所以有些人就會在所有料理撒上混合了乳脂和獸脂的獨創調味（？）料。他們的說法是「不這麼做就吃不下」。換句話說，只要這麼做，他們就可以跟其他種族吃（基底）一樣的料理過生活。

「比起種族，面具的問題更大吧。要戴著面具吃飯應該很困難。」

「這也沒辦法，不能拿下面具是他們種族的文化吧？沒記錯的話，是栗鼠徵種……對嗎？實在不能勉強人家。」

這是費奧多爾提出的假設。

他擅自做這種偏離重點的臆想，這是為了讓自己持續逃避面對真相的手段。

頭好痛。

「……話說回來，那孩子和你到底是什麼關係啊？從以前開始就是夥伴？」

「不是，他是我敵人的朋友。」

「啊？」

緹亞忒用一副「這傢伙在說什麼」的表情看他。

他也在想，自己到底在說些什麼。但又有什麼辦法，這就是事實。他沒有其他言詞可以解釋那孩子的情況。

「只要健健康康就好了，不強求更多。」

頭好痛。

「……你怎麼了？」

「咦，什麼？」

「你剛才的表情看起來很痛苦。如果沒食欲的話，可以不用勉強自己喔？」

頭好痛。

「不，我沒事。」

頭好痛。

「……等一下，你的臉色很差耶，發生什麼事了？」

頭……

「不用擔……心，只是舌頭燙到……而已……」

好痛……

他的平衡感失靈，姿勢一個不穩，差點從椅子上滑落下去。

「費奧多爾！」

他勉強撐住了。視野在跳動，還有嚴重的耳鳴。頭好痛。

他看到房間角落擺了一面大鏡子。鏡子裡映照出來的，是巨大的餐桌和擺得滿滿的大量菜餚、察覺到異狀因而慌張的緹亞忒、立刻站起身的菈琪旭，以及**興味濃厚地看著這邊的黑髮男子**。

頭好痛，頭好痛，頭好痛……

「——唔。」

但是，沒問題，他承受得住。現在正在吃飯，那兩個人好不容易待在一起，找回了某種跟應該已經失去的幸福很相似的事物。不能讓她們擔心自己。他的痛算什麼，那種東西只要攬下來藏住的話，就等同於不存在了。所以藏起來吧，遮起來吧，欺騙她們吧，露出笑容吧。

頭好痛，頭好痛，頭好痛，頭好痛，頭好痛，頭——

「費奧多爾！」

菈琪旭朝他衝了過來，臉上寫滿類似絕望的焦急。

她伸出的手，抓住這次真的差點倒下的費奧多爾的手臂。
不知為何在這一瞬間，彷彿一道閃電似的，一段話在腦海裡復甦。

——你快把那孩子殺了吧。

——要是放著不管的話，你自己的人格可是會潰散消失的。

菈琪旭雙眼大睜，看起來像是對什麼東西感到很震驚。但他沒有疑惑和思考的心力。
疼痛爆發開來。
已經沒辦法用力氣和忍耐來撐過去了。
墮鬼族的力量是在昏暗的環境中，以交會的眼瞳為媒介，讓兩人的精神混合在一起。
然而，精神這種東西，本來應該是獨立存在於個人體中才對。在接受異物的情況下，心靈會出現裂痕。而裂痕會逐漸擴大，很快地就開始破壞精神本身。
有一種類似暴力鎮壓般的劇痛，要把試圖保持清醒的意識本身給除掉。
費奧多爾的意識連抵抗的機會都沒有，瞬間就被連根拔走了。

6．恩·桂爾紀念美術展

有大大小小合計超過百家的美術館在科里拿第爾契市市政府登錄。大的是占地寬廣，收藏數百種作品的大規模美術館；小的則是僅僅在公寓一處屋裡裝飾幾幅畫作的小巧美術館。

至於「恩·桂爾紀念美術展」則介於中間。這間美術館買下本來屬於某個貴族的別墅，那是一幢偏小的房屋，並收藏二十件左右不怎麼有統一感的畫作與工藝品等。參觀路線的盡頭還有附設一間小小的伴手禮店，可以買到設計微妙的明信片。

「——這些都是表面上的形式，其實這裡是由當地的地下組織所經營的銷贓中繼站。只要是美術館的話，即使頻繁地將蓋著布的貨物運進來也不會遭到懷疑。真是考慮得相當周全啊。」

菈恩托露可以淡然的嗓音這麼說著，輕輕揮了揮右手，幾團淡淡的光芒隨著指尖的引導飛翔——然後，鑽進臥倒在走廊上的小鬼背部，當場迸發消散。小鬼喉嚨深處發出混濁的嗓音，失去了意識。

把妖精當作暗器來使用。這是一種古老的死靈術。必須剛好有靈魂碎片在附近飄蕩才能使用，也不能期待有多大的威力，所以在戰場似乎派不上什麼用場，是遭到淘汰的一項技術。

（……老實說這令人心情很複雜，但也不能逃避面對這樣的心情。）

黃金妖精是用完即棄的暗器。她們為此而生，被寄予此期待，也該如此存在於世上。不管肯定還是否定，都不能無視這個事實，所以才要好好正視。為此，她強行說服不情願的大賢者，教她這項技術的入門方法。

「所以說，這些玩意兒是不是相當值錢啊？」

娜芙德興味盎然地張望四周，這麼問道。

「據說展示出來的全都是一文不值的便宜貨喔，等同於沒有作為美術品的價值。拜此所賜，幾乎沒有正常的客人會在這裡出入，被目擊到骯髒事的風險也降到了最低。」

果然是考慮得相當周全啊……菈恩托露可點了點頭。

「唔嗯……這就是全部了啊。」

娜芙德用手托著下巴，仔細端詳著掛在轉角牆壁上的小型靜物畫。

「欸欸，我可以把這玩意兒帶走嗎？」

「妳想要那種東西啊？那可沒有作為美術品的價值喔？」

「這種東西的價值又不是靠價錢來決定的，我就是喜歡這幅畫。」

也是，這麼說的確有道理。就算是出自鼎鼎有名的大畫家之手，如果沒有人要的話，畫就沒有價值；反過來說，即使是沒有標價的無名畫作，只要有人認為這是美術品，想要收藏下來，那麼這幅畫就有了價值也說不定。

（……不過，這種事怎樣都無所謂。）

可能是聽到異樣的聲響，爬蟲族（Reptrace）警衛出現在走廊的另一端。

「妳拿走也沒關係吧，至少應該不會有任何人抱怨。」

娜芙德是不是習慣在地表尋寶，所以發展出獨特的個人興趣了——菈恩托露可一邊這麼想著，一邊輕輕轉動左手腕。只見新的光芒誕生，在空中描繪出平緩的波狀線，在警衛的下巴上猛烈地迸裂開來。

警衛突然身體一陣傾斜——但並沒有倒下。他微微甩了甩頭讓意識清醒，然後重新面向她們，拔出警棍採取突擊姿勢。

「嘿嘿，得到一個好東西了。」

娜芙德的右手輕輕一個甩腕，一枚五帛玳的硬幣以極為接近直線的軌道劃過空中，狠狠地扎進警衛的胸口。也許是承受不住這招追擊，爬蟲族這次真的暈了過去。

†

「恩・桂爾後期作品展」塞滿大量警衛，原本的話，這樣的人數很不適合這種規模的美術館。而菈恩托露可和娜芙德兩人在類似閒聊的交談之餘，將這些警衛悉數壓制住了。

「——所以呢？雖然現在才問有點晚了，不過我們來這個假冒的美術展要幹麼啊？」

噹的一聲，娜芙德用指尖將一枚硬幣射到空中，同時這麼問道。

「為了贓物，或者應該說掠奪物才對。有一群人從飛空艇上劫走了幾個重要資材和機密資料，我要搶在護翼軍前面把東西拿回來。」

「啊？為什麼？」

「因為我想知道這片天空將往何處而去。懸浮大陸群是這個世界的餘火，那麼，這個餘火的意志又正在往何方前進？」

「不是啦……妳突然說這種像詩一樣的話，我又聽不懂。從頭開始說明啦，給我從頭開始。」

「如果從頭講起的話，娜芙德妳不會睡著嗎？」

「睡個頭啦！我沒有粗線條到會在這種情況下睡著好嗎！」

娜芙德輕輕揮出一記拳頭打昏一名警衛，並這麼抗議道。

菈恩想了一下，開始組織內容。

「之前我跟妳說過維持懸浮大陸群的地神的事情吧。其實，大概是距今三年前，似乎找到了失蹤的最後一名地神——翠釘侯。」

「啥啊？」

娜芙德露出「什麼跟什麼啊」的表情。

「搞什麼嘛，這不是好事嗎？那個叫什麼的神明這樣不就全家團圓了嗎？大家可以圍著一張桌子吃火鍋了對吧？」

天曉得。更何況，他們會吃火鍋嗎？這個問題菈恩托露可也不知道。

「可是，翠釘侯是處於死亡的狀態。」

「啊？他們不是不死之身嗎？」

「當然是這樣沒錯。身為地神的他，只要有時間就能恢復力量，是不死不滅的存在，但他卻被固定在死亡的狀態。恐怕是過去地神與人族發生戰爭的期間，由人類勇者（Brave）下手的。」

「哇……人族真的從各方面來說都很不得了耶。」

菈恩托露可也同意這一點。

人族照理來說已經滅絕了，不過菈恩托露可見過人族最後的倖存者，也與之交談過。那是一名有點難以捉摸，看不透其真正的想法，但又不可思議地令人印象深刻的男性。

……不對，現在不是沉浸在那種回憶裡的時候。她甩掉腦中的回想，繼續說道：

「當然，大賢者他們曾經嘗試讓翠釘侯復活。據說是被施展了逼近瑟尼歐里斯級別的篡改世界的詛咒，殺死不滅的存在，並使狀態停留在死亡。而神明解除了那種詛咒，等待身為不死之身的翠釘侯復活。」

「哦……還沒進入正題嗎？」

菈恩托露可噗嗤一笑。

「當時，翠釘侯的體內跑出了〈獸〉。」

——一陣沉默。

「難怪妳從剛才開始就一直在用過去式。」

「在神之領域的戰鬥中，力量的強弱並沒有多大意義。最重要的是適性與時機。可以推測不論是哪一個，在當時而言都是最糟的狀況。」

菈恩托露可搖了搖頭。

「人在二號懸浮島的所有神明與大賢者從那之後就再也沒能對外部行使過任何力量。失去維持的力量後，至今為止構成懸浮大陸群的世界結界，現在正急速地不斷消失。」

她稍微垂下眼眸。

「……雖然有一個神明之外的不滅存在挺身阻止世界崩毀，但這就像是一隻小螞蟻去阻止大山崩毀一樣。只能稍微減緩速度而已。」

「所以，妳昨天說『剩下兩年』，就是距離世界崩毀所剩的時間嗎？」

兩年。

對於絕對稱不上長壽的妖精來說，這也不能說是很長的時間。而對於那些長壽的人而言，體感上更會覺得這時間很短。要是與懸浮大陸群自身的歷史相比的話，根本等同於一瞬之間。

「關於這座二號懸浮島的內情，幾乎無人得以知曉。就連護翼軍高層直到前幾天為止，也才只有『從三年前開始就聯絡不上二號懸浮島』這樣的認知而已……一部分也是因為那本來就是與外界少有聯絡的地方，而且也不太受到重視。剛才這一連串事情，在現階段也是受到最高等級的管制。」

傳出去的話，只會引起恐慌，或是導致至天思想更加擴大出去罷了——這是五號懸浮島的判斷。至於這麼做是否正確，還沒有人知道答案。

「剩下兩年，兩年啊……從我們的角度來看，感覺挺微妙的。眼下所剩時間本來就頂多只有這樣而已。」

「大限來臨時或許就不孤單了，雖然這不是什麼值得高興的事情。」

「還有其他人知道這件事嗎？」

「商會那邊有三個人知情，軍中則是五名將官和部分一等武官，再來就是我、艾瑟雅、妳以及幾個惡徒。」

「艾瑟雅也知道喔？」

「對，不久前我回去妖精倉庫待了一下子，和她商量這件事。她還抱著頭煩惱說『現在這時期已經夠麻煩了，妳還給我帶來麻煩煩到極點的消息啊！』這樣。」

受。

娜芙德很容易就能想像到艾瑟雅的那副模樣，而且也很容易就能對她的心情感同身

「艾瑟雅目前人在三十八號島，好像是在追捕艾爾畢斯的餘黨，我聽緹亞忒說的。」

「她也是在按自己的想法行動吧。沒辦法頻繁取得聯絡，只能相信她就是了。」

菈恩托露可看似疲憊地吁出一口氣。

「為什麼要把我捲進來啊？」

「當然是有事想拜託妳了。其實我本來想早點找妳商量的，但妳一直跟葛力克先生待在地表，我遲遲逮不到妳。」

「不過啊，我幾乎幫不上忙喔。我既不擅長像菈恩妳們那樣思考，神經又很大條，心腸也不是黑的。如果潘麗寶她們還活著的話，把她們拉回來還比較——」

耳邊傳來火藥的爆炸聲。

就在娜芙德所在處的旁邊，一個陶壺碎裂了。

「——噢。」

她跳進遮蔽處。火藥槍發散的開槍聲，接連在附近的牆壁和畫作上打出一個個破洞。

「哇呀，太糟蹋了吧。」

「就說那全都是便宜貨了。」

「我說過不是那個問題吧！」

大概是因為出現了無法徒手阻止的侵入者，所以對方才連忙把火器拿出來。話雖如此，從聲音聽起來不穩定這一點來看，應該是連保養都沒有好好在做的舊型槍。使用者的熟練度也推測得出來，根本不成威脅。

幾隻妖精——由於不斷自行分裂融合，所以確切的數量沒有意義——形成，然後發射出去。只見妖精似乎很開心地哈哈笑著向前飛去，在火藥槍射手的握槍處炸裂開來。

「不管怎樣，如之前所說，有關這件事的一切都是在檯面下進行的。護翼軍現在已經相當混亂了，各種盤算錯綜複雜，情資也沒有經過統一整理。大賢者沉默後，如今以我的立場能知道的事情也很有限。我想要獲得更多情資，還有值得信賴的對象所提供的確切證據。」

「不是啦，我就說了，那種事情我實在幫不上忙啦。」

「我希望能跟自己所信賴的夥伴並肩作戰，這樣還不夠嗎？」

「……妳啊……」

真狡猾耶，不要一本正經地說出那種話啦。娜芙德一邊小聲地抱怨，一邊撇過臉去。

她的臉上有著淡淡的紅暈。

這個女孩子就是這一點討人喜歡。菈恩托露可這麼想著。看上去粗枝大葉，極為容易與人親近，非常喜歡受到依賴的感覺。最重要的是，她完全不隱藏這些地方，和自己截然不同。

她們來到一扇大門前面。

轉動門把，往外一拉，但上鎖了。菈恩托露可催發一點魔力，用較大的力氣一轉後，鎖遭到破壞，整個門把都被拔了下來。

門的另一邊是美術品倉庫——以此為偽裝，實則為贓物貯藏庫。成排擺放的刀劍類，不管怎麼看都是重視實用性勝過藝術性的粗製武器。塞在木箱裡的大型火藥槍等物，雖然簡練的外型或許稱得上具有藝術性，但還是不覺得這東西會適合這間美術館的氣氛。

「是這一間嗎？」

「對，似乎是如此。」

菈恩托露可一一檢查木箱裡的東西，同時思忖著。

（——眼下末日將至，若是所有人都能團結一致地面對，我也就不必這麼辛苦了。）

然而實際上，這世間沒能這麼做，倒不如說是完全相反。

倫理、協調和道德等，都是有餘裕過活的人，為了維持這份餘裕而秉持的東西。當無法避免的末日迫在眉睫之際，許多人都為了各自埋藏在內心深處的事物而行動。大家步調不一致，從旁觀的角度來看，只能看到一團混亂的景象。

逃跑、困惑、佇足、自盡、威脅旁人、為了得到想要的事物而捨棄尊嚴——這些狀況便是其中一部分。至天思想也絕對會變得更加盛行。正因如此，懸浮大陸群的守護者已經不在的事情，必須被視為機密來處理。

艾瑟雅得知這件事後，不惜強行移動已經無法再強撐的身體，選擇站在最前線和姊妹們一起戰鬥。而菈恩托露可自身所選擇的生存之道，則是像這樣泡在懸浮大陸群的昏暗處，追尋想知道的事物。

她想，或許就該如此吧；同時也在想，這樣就可以了。

所以，她偶爾會思考起來。

對於世界的終結，有個女人比菈恩托露可更加了解。

她在接收這些知識之後，採取了令人費解的行動。她究竟是為了什麼樣的期望，以及什麼樣的心願，而採取那樣的行動呢？

「歐黛——」

歐黛·岡達卡。

那是二號懸浮島發生異狀當時，正待在五號懸浮島的客人，也是最早得知世界末日的其中一人。

在巴洛尼·馬基希的介紹下，她們曾談過一次話，也因為有共同認識的人而聊得相當熱絡。當時，她覺得歐黛是個笑得很開朗的人——正確來說，是知道該怎麼演出笑得很開朗的模樣。她不知道歐黛心中真正的想法，沒辦法看穿。

明顯與世界敵對，明顯要加害於世界的歐黛，到底知道些什麼，又對世界抱有什麼樣的期望。這些事情，菈恩托露可直到現在還是不明白，她手上沒有能夠判斷的依據。

「……沒有在這間美術館。」

在確認完整個木箱後，菈恩托露可下此結論。

「這裡只有一部分的掠奪物而已，看來必須去其他貯藏庫看看了……」

「——嗯？這是怎樣啊？」

娜芙德打斷菈恩托露可的話，撿起一個小盒子。

「包了一大堆緩衝材料，結果裡面只有這麼點大小啊。如果說是酒瓶的話……也實在太小了。唔嗯，是辛香料之類的嗎？」

「娜芙德，我們不是來這裡搶劫的，除了目標以外的東西都不能出手喔。」

「我又沒有想要帶走。一般發現感覺很有趣的東西時，都會拿起來看看吧？」

「請不要把打撈者的習性講得跟常識一樣。」

菈恩托露可繼續說著類似責備的話語，而娜芙德不再理會她，自顧自地把小盒子翻過來，唸出上面的標籤。

「我看看，『艾爾畢斯的小瓶』？」

——咦？

菈恩托露可立刻回頭。

「搞不太懂啊，看起來也不像是寶石，難道是傳統工藝品之類的嗎？」

娜芙德撬開小盒子的上蓋，拿起裡面的東西仔細端詳著。

封在薄玻璃裡的紫色水晶——或者是類似水晶的某種東西，反射著燈光，靜靜地閃耀著光輝。

7. 公共納骨廟

費奧多爾沒有醒來。

就算出聲叫他，搖他的身體，他都沒有反應。

把耳朵貼近的話，可以聽到微弱的——感覺隨時都會停止的不穩定呼吸聲。他並沒有死。然而，那也只是時間的問題罷了。

他正在慢慢消逝。

現在的菈琪旭除了費奧多爾以外，沒跟任何人有交情，對她而言，這就等同於世界末日。如同地面逐漸崩塌一般的絕望，凍結住了她的雙腿。

背後有動靜。「斯帕達」靜悄悄地正要離開房間。

「慢著。」

菈琪旭在背對她的情況下叫住她。

她「咿嗚」地發出類似尖叫的聲音，似乎停下了腳步。菈琪旭繼續說道：

「我問妳一件事。那個白髮女人，記得是叫作歐黛小姐，她是費奧多爾的姊姊，同時也是妳的雇主，對吧？」

「咦，呃……不是的。」

黑色的大耳朵怯怯地抽動了一下。

「歐黛小姐她……也是我的姊姊。呃，不過，我們當然……沒有血緣關係就是了。」

沒有血緣關係的姊姊。

可以感覺到這個用詞藏著某種深遠的意義，坦白說，菈琪旭是滿好奇的，但她不打算繼續追問這方面的細節，她沒有時間這麼做。

「算了，怎樣都無所謂。我要說的就是你姊姊歐黛小姐。」

對於那種怯怯的氣息，她抱著一絲罪惡感，問道：

「我想再跟她見一次面，你有什麼辦法嗎？」

「斯帕達」驚訝地倒抽了口氣。

「我有些關於費奧多爾的事情想問她。而且，我想她應該也有些話想告訴我吧。」

「斯帕達」沉默著。

臉上依舊是怯怯的表情，視線卻筆直地看向菈琪旭。那種小心翼翼的眼神實在稱不上銳利，但還是試圖在揣測菈琪旭的內心想法。即使隔著一張面具，菈琪旭還是感覺得出來。

在費奧多爾的事情上，這個女孩子也有著絕對不能退讓的事物——雖然她本人沒有親口這麼說過，但在短短幾天的相處中，菈琪旭便明白了這一點。所以，菈琪旭知道沒那麼簡單就能套出她的話，不過正因如此，她也一定不會把菈琪旭所說的事情當耳邊風。菈琪旭可以肯定這兩件事。

感覺格外漫長的數秒過去。

「斯帕達」唰地攤開手中的一疊紙，那是科里拿第爾契市內的大型民間報社發行的報紙。光是粗略地看過去，形形色色的標題便竄入了眼中。護翼軍與來歷不明的集團（似乎刻意隱瞞那是帝國士兵的事實）持續在市區內交火；有一派人以市長的態度過於消極為由，要求其下臺；被當作至天思想教則的書籍已列入禁止流通的名單內；某個曾經是貴族的富豪，被抓到在島嶼之間運送違法動物。

她迷迷糊糊地想著，原來這個世界依然在運轉。她們停下腳步也好，奮力掙扎也罷，這些都不會影響時間繼續流逝。

話雖如此，現在並不是思考這這種事情的時候。

「——妳想要我看哪一則？」

一經詢問後，「斯帕達」要她看的，是橫跨左右兩頁，數量龐大的私事廣告欄。如山般並排的三行文章，幾乎都是募集打工的內容和親屬的慶唁報告，但其中混雜著幾行類似暗號的文章——或者說就是暗號。接著，那個小小的指尖指向的地方寫著——

「『白貓與黑貓各產下五隻和七隻幼貓，開放領養至水之日六刻為止』……這怎麼了嗎？難道妳想要養貓？不過沒有留下聯絡方式耶。」

「這是歐黛姊姊……在叫我的意思。」

菈琪旭聽不懂，眉頭皺了起來。

「因為不知何時會發生意外而分開，我們就約定了很多不同的暗號。」

原來如此——菈琪旭心想。如果情況不允許互相寫信的話，報紙這種媒介確實可以是相當方便的聯絡方法。但這未免也太故弄玄虛了，應該還有其他更為簡單的選項才對。

「這是『今天八點……在五號的七號會合』的意思。」

關於這方面的事情，果然也沒辦法一一去細究。

「今晚八點？」

「對，到第五公共納骨廟的第七分區，就能見到歐黛姊姊。」

「這樣啊……」

菈琪旭仰望天花板，稍微思考了一下。

「要告訴……緹亞忒小姐嗎？」

「不了。」

她沒有垂下視線，就這樣閉上眼睛，答道：

「我希望她現在能待在費奧多爾身邊。就我們兩個去吧。」

†

住在懸浮大陸群的諸多種族都擁有獨特的一套生死觀，各自傳承著不同的埋葬法。然而，有些種族擁有相似的文化，也有些原本相異的文化在漫長歲月中融合在一起，更有相同的文化發生分裂的例子。所以很難一概而論地說「所有種族都不一樣」。

公共納骨廟是市營的地下墓地，配合幾乎占了市民全部的獸人族最標準且又熟悉的埋葬法——「保管遺骨」的風俗習慣。據說一開始是類似小間地下室的地方，但在漫長的歷史之間反覆擴建，如今已有八處分散在市內，合計多達九十個分區，成為相當龐大的建築群。

乾枯的屍體不會散發臭味。在左右皆排著無數棺材的地下道裡，只充斥著土壤的土腥味。

根據宣傳手冊上寫的，一號到三號的公共納骨廟有對外開放觀光。還本著「心懷生活在古代的人們，一邊享受片刻的休憩」這樣的概念，附設了幾間咖啡廳。

現在的菈琪旭實在無法苟同這種品味。

「……妳的親屬長眠在此嗎？」

她用略感厭煩的嗓音拋出這個問題。

「沒有呀。」

對方答得很乾脆。

「至少以血緣關係而言，這裡和我完全沒有關聯。我和費奧多爾都是純度百分之百的純正艾爾畢斯之子。」

在昏暗的納骨廟裡，有一抹融入背景般的黑色裝束，以及看似浮在空中的銀髮。

歐黛．岡達卡確實人就在這裡。

「我們前幾天就見過面了呢，菈琪旭妹妹，我應該沒叫錯名字吧？記得妳是我那個蠢弟弟的戀人。」

「很遺憾，我們不是那麼親密的關係。是我自己單方面想將身心奉獻給他罷了。」

「我應該是叫莉妲——『斯帕達』來這裡吧？」

「我們就別再試探彼此了。我來這裡的原因，還有我想問妳的事情，這些妳應該都猜到了吧？」

歐黛微微一笑，不做任何回答。

「我有幾件事情想問妳。」

「哎呀，好可怕，不知道我回不回答得出來。」

歐黛裝傻似的說著。

菈琪旭微微吸一口氣，開始說出早已準備好的話語。

「說出妳的目的。」

「是指我把『斯帕達』叫來的事情嗎？這當然是因為我很擔心她呀。雖然不知道妳肯不肯相信，但我是真的把那孩子當作自己的妹妹——」

「我問的不是這個。」

菈琪旭搖搖頭，說道：

「妳想要妖精調整技術，也利用這個來巴結帝國。而且總是在費奧多爾身邊出沒，但既不是要協助他，也沒有要與他為敵，我不知道妳究竟想做什麼。就連『斯帕達』的事情也是如此。」

身為當事人的「斯帕達」人並沒有在這裡。菈琪旭擺了擺手說：

「如果妳真的將她視為親人來關心，那就不應該讓她涉險啊。竟然派她獨自一人潛入護翼軍的據點，不對，在這之前，光從妳這種立場的人還拖著她到處跑這一點來看，妳根本就是拿她當用完就丟的肉盾。」

「……那是她本人的意思。不過，從外人的角度來看確實是如此。」

歐黛露出略顯傷腦筋的神色。

「對了……妳知道費奧多爾直到不久之前為止的目的嗎？他想要讓懸浮大陸群所有居民，都擁有能夠親自與〈獸〉一戰的覺悟和力量。為了達成這個目的，他認為有必要犧牲一部分的懸浮大陸群。」

「我知道。」

菈琪旭點了點頭。

「妳有什麼感覺？不覺得幼稚、太過武斷或自以為是嗎？」

「是啊，但這也沒辦法吧？要是按大人的做法堂堂正正地改變世界，會耗費掉太多時間。他知道我們妖精沒多少時間——」

歐黛噗嗤一笑。

「——我說了什麼好笑的事情嗎？」

「嗯，是呀，有一點好笑。菈琪旭妹妹，妳似乎有著超齡的豁達，不過就算如此，妳果然還是沒有好好看清楚你們自己的狀況啊。」

歐黛在捉弄她。

但是，菈琪旭內心並未湧上憤怒與焦躁。比這些情緒還要早一步抹過心頭的，是一股近似於恐懼的不安。

歐黛的眼瞳閃過一簇幽暗的火焰。菈琪旭猛然發覺，那個是……那才是蘊藏著憤怒與焦躁的眼神。

「按大人的做法堂堂正正地改變世界很花時間。是呀，妳說得沒錯喔，但明明連這一點都明白，卻沒有想到更後面的事情啊。無論是費奧多爾還是妳，根本都沒有多餘的時間可以浪費。」

「妳指的是什麼？」

「我的意思是，幼稚的程度、武斷的程度、自以為是的程度全都不夠。」

歐黛的語氣很沉穩，但不知為何，這句話聽起來卻極為鏗鏘有力。

「我回答妳剛才的問題。我的目的，跟費奧多爾幾乎相同。」

歐黛的語氣很溫和，但不知為何，這句話卻像是一記狠狠的重擊。

「我要所有懸浮大陸群的居民都擁有能夠親自與〈獸〉一戰的覺悟和力量。而且愈快愈好，最好明天就能……不對，現在就能辦到。我之所以會提供帝國一點小小的幫助，也是因為這是**武斷**的做法。」

「這是……什麼……」

「只要知道具體的方法，帝國的戰力立刻就能獲得爆炸性的成長。一旦情勢發展至此，周邊諸國也必須跟著擴充戰力不可。如果有都市跟不上腳步，那麼在被〈獸〉吞噬之前，就會先遭到周圍的都市毀滅。光是散播一個妖精調整技術，我推測只消不到半年，幾乎整個懸浮大陸群都能具備對抗〈獸〉的最低限度戰力。」

菈琪旭思忖。這個女人的理論很簡單，而且除了前提與結論以外沒有破綻。雖然菈琪旭不了解現代懸浮大陸群的政治狀況，但「不到半年」這個具體的推測還是讓她覺得很有說服力。

歐黛·岡達卡是個騙子。儘管菈琪旭清楚這一點，卻無法懷疑剛才那番振振有詞的言論。

「……妳的問題只有這樣嗎？」

「不。」

不能輸。不能被奪走步調。

她這麼告訴自己，並用力地搖搖頭。

「費奧多爾人正昏迷不醒。」

一陣短暫的沉默。

「是喔。」

那嗓音聽起來淡然而沒有熱度。

「在他失去意識前，我看到了類似幻覺的東西。妳有給過費奧多爾忠告，他知道自己正逐漸崩壞。妳指出了這件事，也有告訴他解決辦法。」

她回想之前費奧多爾在眼前倒下的那一瞬間，她的所見之物。

——你快把那孩子殺了吧。

——要是放著不管的話，你自己的人格可是會潰散消失的。

——解除的方法很簡單，只要殺掉對方就可以了。

她搞不懂那一瞬間是怎麼回事，還想過可能只是慌張導致出現一瞬間的混亂。但不久之後，她察覺到了。那個現象和存在她體內的菈琪旭·尼克思·瑟尼歐里斯的記憶是屬於同一類的東西。簡單來說，那應該是一段記憶，源自於某個跟自己分享記憶與精神的人身上。

至於那個某人是誰，以這個情況而言，大概就是費奧多爾。

「也就是說，妳——」

並非速度，也不是精準度，當然更不是力量，歐黛是鑽進她閉上眼又睜開之間的一小段意識空隙，展開行動。

當菈琪旭發現時，白色的墮鬼族臉龐已貼至眼前。

「——唔。」

菈琪旭注意到，有一把刀從意識與視野兩者的死角，也就是肋骨下方逼近，而且是以近乎垂直往上刺的角度。有辦法向後仰來躲掉嗎？不行，由於雙方距離突然縮短，身體受到驚嚇，來不及移動體重。有辦法用兩根手指頭夾住來阻止嗎？不行，沒有時間讓她催發出足夠的魔力。

連研究其他更好的應對手段的時間都沒有。

她幾乎捨棄了所有雜念，只是將右手掌滑進刀子的軌道中。

灼燒般的痛楚。在吸不到半口氣的須臾之間，她也只能催發出同樣微量的魔力。因此，她真的只能施展出微弱的防禦。刀鋒割破皮膚，切開肉，就這樣停住。

妖精不怕死。但不怕歸不怕，會痛的還是會痛。她的臉龐因痛楚而扭曲，同時狠狠瞪著眼前正面露微笑的墮鬼族。

鮮血從傷口湧出，順著刀身流至刀柄，然後落到了地上。

滴答、滴答、滴答。聽起來像是從遠方傳來了雨滴般的聲響。

「這一擊……」她緩緩地詢問。「要是我沒防住的話，就會是致命傷了吧？」

「嗯，沒錯喔。」

女墮鬼族依然在笑。

「至少對我來說，我沒有理由點到為止或手下留情的理由。」

「難怪妳也不會有罪惡感。」

「是呀，不過我的確性急了些，我可以為這一點道歉。對不起。」

歐黛抽出小刀。刀身反射提燈的微小光芒，變成了紅色。

「那麼，我再次拜託妳。菈琪旭妹妹，妳能不能去死呢？」

「我明白妳想清除弟弟身邊的蟲子，但用字未免也太過火了吧？」

「唔，不是這樣的。我弟弟可不是好到能夠挑剔蟲子種類的男人。除了莉姐妹妹以外還有女孩子願意跟著那個氣質酷酷的熱血笨蛋，我個人是感到非常高興的喔。」

但是，不是那樣的——歐黛這麼說著，輕輕揮動刀子。

「妳應該很清楚吧？妳光是待在那孩子身邊，他就會愈來愈接近死亡。」

……她很清楚。

她感受到那個預兆好幾次，也推論出這樣的預測好幾次。正因為這些想法轉為了肯定，菈琪旭才會決定要跟歐黛．岡達卡見面。

「與妳連結在一起成為了他的負擔。所謂的心靈，本來就應該是獨立存在於自己體內的東西。心意相通或互相理解之類的事情，不過是剛好同時懷抱著與彼此有關的相似的錯覺罷了。心靈真的混合在一塊只會導致必須放棄自我……這種事情，妳們那邊應該也很清楚吧？」

沒錯，一個精神不能容納兩個以上的自我。遭到前世侵蝕的妖精，通常自我……乃至於性命本身，都會輕易地被啃食殆盡。自己在崩壞的情況下還能勉強維持住「一人份」類似自我形體的個體存在，是例外中的例外，沒有任何參考價值。

「這件事……妳有告訴費奧多爾吧？」

「有呀，這是當然的。不想死的話，就快點殺掉菈琪旭妹妹……我是這麼告訴他的。畢竟這是那孩子自己的事情，我認為應該要讓他自己動手。」

共同納骨廟裡，有無數棺材與放在棺材內的屍體。在數不勝數的死亡包圍與關注之中，菈琪旭的傷口不斷流淌著血。

「但是，沒有辦法，那孩子真的太沒出息了，妳不這麼覺得嗎？明明連殺掉一個感情很好的女孩子都做不到，還敢說要讓大陸群墜落之類的，嘴巴上倒是講得很厲害。」

「妳不要……」有一瞬間，她的聲音沙啞了。「妳不要瞧不起他。」

「我就是要瞧不起他，因為我有這個權利。」

歐黛的臉原本近到能夠感受到彼此的吐息，現在逐漸拉遠了。

「費奧多爾他呀，說什麼『不會讓妖精變成武器』，宣布要與我為敵，而我也接受了。不過呢，對我來說，我希望那孩子至少能再多活半年，因為我要他親眼瞧瞧懸浮大陸群在我的做法之下是如何改變的。所以，我當然不會特地去殺掉他……菈琪旭妹妹剛才之所以想知道我的目的，簡單來說，就是為了確認這一點吧？」

她說得沒錯。

「既然那孩子沒辦法自己動手的話，那就只能由我來幫他殺掉菈琪旭妹妹了。但只限這一次而已，畢竟太慣著他也不好。」

「請……請等一下！」

菈琪旭的背後，從納骨廟的黑暗深處中，衝出了一抹嬌小的影子。

「妳們……在談什麼？歐黛姊姊，從剛才開始，妳都在說些什麼？」

「莉——」

這一瞬間，歐黛被嚇到了。至少看起來是如此。

被歐黛喊作莉什麼的「斯帕達」摘掉了面具，一張特徵稀少的稚嫩少女的容貌暴露在外。菈琪旭一直以為她就是長著栗鼠的臉，而且她之所以個子比較矮也並不是種族因素，而是年齡的緣故。這些發現也讓菈琪旭感到很訝異。

這名少女身材嬌小，再加上恐怕是至今為止的生活使然，她非常擅長潛伏在昏暗之中。這個納骨廟本來就是視線不佳的地方，只要這名少女有心想藏的話，要發現她並不是一件容易的事情。

而歐黛．岡達卡是費奧多爾的姊姊，做得到的事情和做不到的事情都和弟弟很相似。雖然很擅長用游刃有餘的態度隱藏自己的底牌，但底牌本身並沒有多到不合常理的地步。一樣會有做得到的事情和做不到的事情。

「——『斯帕達』妹妹……原來妳在呀。」

歐黛立刻用沉穩的微笑抹去那一瞬間的動搖。

「請妳告訴我，歐黛姊姊，妳在做什麼呢？」

「斯帕達」覷了菈琪旭一眼，臉色煞白。

「菈琪旭小姐……受傷了。」

「……好吧，我會解釋的。」

歐黛露出下定決心般的表情，然後伸出沒握著刀子的手。那是一隻白皙纖細，看不到任何髒汙的手。

「所以我們走吧。」

「斯帕達」沉默地注視著那隻白皙的手。

「妳不久前進入護翼軍基地後，我們不是就失去聯絡了嗎？我一直在擔心妳有沒有好好躲進安全的地方。至於沒有料到妳在使用我沒告訴過妳的備用藏身處，倒也算是一個盲點。」

「……歐黛姊姊。」

「話說回來，妳真的不用再以身涉險了，知道嗎？我認為自己還算是個值得依靠的姊姊。我可以幫妳去取得妳想要的情報。」

「我非常喜歡溫柔的歐黛姊姊，可是……」

少女退後一步。

用一步之遙拉開與歐黛之間的距離。

「只對我溫柔的歐黛姊姊……很可怕。」

這是一句簡單明瞭的拒絕。

「…………」

有一瞬間，真的就那麼一瞬間，菈琪旭覺得墮鬼族露出了隨時都會哭出來的表情。等她眨了一下眼睛再仔細一看之後，便發現歐黛臉上只有一如往常的模稜兩可的微笑。

「那就沒辦法了，畢竟沒察覺到也是我的疏失，必須接受這樣的結果才行。」

歐黛用莫名開朗的嗓音這麼說道，然後轉過身去。

「妳要好好保重喔，莉姐妹妹。我這句可不是謊言。」

她邁步走了出去，前往公共納骨廟的深處，和菈琪旭她們是相反的方向。

「……妳不是要殺我嗎？」

菈琪旭朝她的背影問道。

「已經殺了。」

背影簡單地回了這麼一句話後，立刻融入黑暗中消失了。

由於看不到天空，菈琪旭站在原地仰望著天花板。

她想，果然如此。

這是她打從一開始就知道的事情。她本來就不該存在這世上。崩壞的妖精注定要消亡，而像這樣繼續存在的她，是一種錯誤。這個錯誤的代價，一直是由費奧多爾在償還的。因此，要是她就這樣存在下去的話，不久之後，他就會殞命。

那個女人說得沒錯，她的確殺了菈琪旭。
因為在知道這種事情後，她就不可能繼續待在費奧多爾身邊生活。
──我可以在你身邊待到什麼時候？
──直到妳對我感到厭煩為止吧。
──也就是說，直到死亡將我們分開，是嗎？
──啊……呃，如果照字面意義解讀，不追究背後涵義的話，就是這樣，知道嗎？
這是短短幾天前，兩人之間的談話。
感覺像是很久以前的事情了。
當時，她應該已經下定決心了。她的立場無法期望永遠，所以當那個時刻來臨之際，她會乖乖地從費奧多爾身邊消失。而在那個時刻來臨之前，她要將這份幸福滿滿地放在心中仔細品味。
於是，理所當然地，這個時刻來臨了。就只是如此而已。
「那麼，該怎麼辦才好呢……好痛！」

黑衣少女，費奧多爾口中的「斯帕達」，歐黛口中的「莉姐妹妹」，冷不防地抓住了她的手。

「傷口會刺痛，請妳忍耐一下。」

她突然將應該是消毒藥的液體倒在傷口上，接著做了簡單的止血，然後用貼布和繃帶一圈一圈地蓋住傷口。

「妳的動作很熟練耶。」

「因為我做過很多次了。」

她的聲音有一點沉重。

（應該不是練習過的意思吧……）

菈琪旭不打算深究，因為她覺得那可能不是想起來會很愉快的回憶。

「……咿呀！」

突然有東西碰觸到了耳朵。

可能是被她的驚呼聲給嚇到了，那東西立刻縮了回去。

她發現黑衣少女正站在她面前，並稍微踮起了腳尖。也順道發現原來四周昏暗到她現在才發現這件事。

「妳……妳在幹麼？」

「啊，對不起。」

少女連忙拉開了距離。

「那個……因為難過時，摸摸耳背就會冷靜下來。」

仔細一看，眼前這名少女的頭上，長著一對毛茸茸的大貓耳。

「妳……是貓徵族（Ailuranthropos）？」

「我不知道。爸爸和媽媽還有哥哥們都是不折不扣的無徵種。只有我，不知道為什麼會這樣。」

那對大耳朵像是感到不安似的，微微地搖著。

菈琪旭興起惡作劇的念頭，將手伸到耳朵背後的耳根處。雖然少女的身體猛烈地顫抖了一下，但大概是因為這是她自己說出口的事情，所以乖乖地任菈琪旭的手指撫摸。

看到少女緊緊閉上雙眼的模樣，菈琪旭發自內心地覺得很可愛。

覺得可愛的這股心情，連續喚醒了幾個記憶。

「……阿爾蜜塔。」

「咦？」

「優蒂亞、依爾絲托德、狄爾芬、瑪夏、薩菈、耶露可艾克拉……」

名字接連浮現於腦中，她想到什麼便唸了出來。這全部都是存在於「菈琪旭」記憶中，在現代妖精倉庫生活的妹妹們的名字。

現在站在這裡的菈琪旭，在自覺上是以愛洛瓦．亞菲．穆爾斯姆奧雷亞的人格為主軸而存在於此。因為這個緣故，「菈琪旭」的記憶極為遙遠，彷彿是與自己無關的虛構景象。那些耀眼、溫暖而又重要的回憶，感覺只像是褪色的圖畫。但儘管如此，仍然改變不了那樣的景象優美又閃亮的事實。

對菈琪旭而言，那些孩子是活在此刻的妹妹們，並且希望她們能得到幸福；對愛洛瓦而言，那些是按照過去她們所期待的，贏得幸福未來之後的妖精。

她湧起一股想與她們見面的心情。

事到如今，她並沒有回去或打入圈子的想法，只希望至少能看上一眼。但這是不可能實現的願望。因為她為了讓費奧多爾活下去，現在必須立刻離開他身邊才行——

「……咦？」

她想到了一個可能性。

距離。沒錯，就是距離。

她回想費奧多爾身體狀況的變化。

由於那個什麼瞳力的關係，她可以感覺到費奧多爾大概的位置及狀況。到目前為止，當她不在他身邊時，他的狀況很好——雖然不能這麼說，但應該沒有出現劇烈的不適，一直持續在做非法勾當，進行活動。然而，當她待在她身邊時，他的狀況就會急遽下滑，好幾次目睹他在她面前昏倒的畫面。

她的腦海裡浮現出一個假設。

如果拉開距離的話，或許就能大幅減輕費奧多爾的負擔。

她不清楚原理，但思考至今為止的情況發展後，她覺得這是非常可行的想法。最起碼在她了結自己的生命之前，有一試的價值。最重要的是，如果這樣就能解決問題，或是讓情況緩和下來的話，也可以讓講出「已經殺了」這句話的歐黛吃上一驚。這會令人感到些許的痛快。

（就算分開來了……不對，只要分開來的話，應該有幫得上費奧多爾的方法。）

這是很艱苦的抉擇。畢竟菈琪旭從醒來之後，待在費奧多爾身邊就一直是她的一切。

但是，如果這件事就是折磨著他的原因，那麼她就不會感到猶豫。

她要在保持物理上的距離的情況下，陪伴在他身邊。

對了，首先就是去三十八號懸浮島，保護「菈琪旭」的朋友。在費奧多爾伸手無法觸及的地方，由她代為守護他想要守護的人們。

若是進行得很順利的話，她往後也能繼續活下去。她可以告訴自己：「妳繼續活下去也沒關係。」就算沒辦法再與他見面，但她相信自己的心會一直與他同在。啊，雖然心與他同在這件事本身就是問題所在，不過意思並不一樣。哎，好複雜。

「……我接下來要前往遠方。」

少女抬起頭，一對大耳朵輕微搖了一下。

「死者老是跟在生者旁邊實在太不像話了，對生者的健康也不好。再說，我也想到了幾個想去的地方。」

她放開少女的耳朵。

「所以呢，妳回到藏身處後，能不能幫我帶幾句話給費奧多爾——」

她正要隔開距離之際，袖子被用力揪住了。

「——斯帕達？」

「我叫作瑪格。」少女搖搖頭。「瑪格莉特·麥迪西斯。只有歐黛姊姊會叫我『莉妲』，但我不太清楚緣故。」

「咦……」

「我出生在艾爾畢斯國，從出生後就一直待在那裡。雖然家人對我不太好，但我還有最喜歡的未婚夫，所以過得很快樂。我們約定過要永永遠遠在一起，說是做了這個約定才是未婚夫，可是……」

少女直直地對上她的視線。

那是一雙摻了些許濃黑色的琥珀色瞳孔。

「瑪格，瑪格莉特．麥迪西斯已經在五年前，隨著艾爾畢斯國一同死去了。在這裡的，只不過是個捨棄不了相同的名字與回憶的妖怪罷了。」

「……這樣啊。」

菈琪旭重新注視著眼前少女——「斯帕達」，又名瑪格的眼瞳，心中一邊思考著。儘管她用了「妖怪」這個字眼，但她當然是有血有肉的生物沒錯。黃金妖精從誕生機制來看才是貨真價值的妖怪，兩者的情況完全不同。

然而，儘管如此，或者說，正因如此。

明明是血肉之軀卻要稱自己為妖怪，並且主張自己是死者，這兩件事所代表的意義及重量，都是菈琪旭無法視而不見的。

「我沒有聽懂剛才那句話。那個意思是，菈琪旭小姐也已經死了嗎？因為已經死了，才要從費奧多爾面前消失嗎？」

「唔……嗯，就是這樣吧。」

她模稜兩可地點點頭。

費奧多爾這個人，非得將某個人捧在手心上呵護不可。他讓她待在他身邊，由她依賴著他。所以說，已經足夠了。該把這份幸福讓給他所重視的其他人了。比如說，沒錯，如果是緹亞忒，那個不管怎麼說都還是很溫柔、態度認真、能夠與人正面相對的女孩子，一定可以給予費奧多爾幸福的。

「我能不能……也跟妳一起去呢？」

「欸？」

她不小心發出了呆傻的聲音。

「我也是死者……要是繼續拖拖拉拉地賴在費奧多爾的身邊，我感覺自己會忘記這件事。我已經知道費奧多爾平安無事，只要這樣就足夠了，而且……」

想必她承受著許多事情，那張表情彷彿隨時都會哭出來一般。

「只剩自己一個人的話，會很孤單。」

菈琪旭將她拉了過來，她沒有任何抵抗，整個黑色斗篷都納進了菈琪旭的懷裡。

「……突然走了兩個人，費奧多爾應該會很寂寞吧。」

「這也沒有辦法。因為，費奧多爾還活著。」

她們兩人的意見一致。這確實沒有辦法。

菈琪旭抬起頭。

「事情就是這樣，你有什麼看法？」

她朝黑暗的深處說道。

「你沒有這麼想隱藏住自己吧？從剛才開始就看得到你的翅膀尖端了。」

對方「唔呃」地發出類似驚叫的聲音。過了一會兒，一名她見過的男鷹翼族帶著尷尬的表情現身了。

懷中的少女……瑪格的身體震顫了一下。

「你是……沒記錯的話，是叫作納克斯吧？你是費奧多爾的朋友。」

「就是納克斯沒錯喔，妳還記得我真是讓我感到榮幸。哎呀，我本來是想找個適當的時機露面的，但氣氛上不太恰當的樣子。」

「就算是這樣，偷窺也不是什麼正當的興趣吧？」

「妳這樣說會讓我很難過耶。我們情報販子這一行啊，並不是只要把到手的現成情報賣出去就能穩穩做下去。如果不好好保持用自己的眼睛和耳朵去抓住新鮮情報的態度的話，馬上就會被業界給淘汰掉喔。」

「所以這是個興趣不太正當的工作，對吧？」

「……我無法反駁這一點。」

納克斯．賽爾卓垂下肩膀。

「為什麼你會在這裡？」

「就是為了收集情報啊。剛才那個歐黛．岡達卡的動向，現在相當炙手可熱喔。護翼軍、帝國、市政府和舊貴族都搶著買。」

「我問的不是這個。你不是三十八號懸浮島的軍人嗎？」

「哦，那個啊，我已經不幹了。」

他乾脆地說出不得了的一句話。

「我本來就當那個是副業，是受到委託才開始做的。委託結束的話，我也沒有理由繼續做下去。哎呀，我真的很不適合幹那種體力活啊。」
他刻意地聳了聳肩。菈琪旭瞇起眼觀察他的樣子，並說道：
「……我可以拜託你一件事嗎？雖然你只是費奧多爾的朋友，沒有義務要幫我——但是我也沒有其他可以依靠的對象了。」
她試著向他提議。
「我有幾個想去的懸浮島。」
「這個簡單……雖然我想這麼說，但畢竟是現在這世道，港灣區塊的監視可是很嚴格的喔？」
「我知道，所以我才想拜託你。你應該有這方面的門路吧？」
這一瞬間，納克斯臉上的表情不知為何脫落了。
而在感覺到這件事的下一瞬間，他又換上了模稜兩可的輕浮笑容。
（……內心在掙扎？）
不知怎地，她可以感受到納克斯剛才內心產生激烈的感情起伏，並且相互碰撞在一起。儘管他沒有表露出來，但她想，他默默地進行了一番無法簡單做出的抉擇。
「有幾個想去的懸浮島啊。盡是要花點錢的事情就是了……不過沒關係，我之後再跟費奧多爾收錢就行了。」

納克斯說到這裡就閉上了嘴巴，開始移動腳步。大概是要她們跟上的意思。菈琪旭將瑪格從懷裡放開，牽著她的手邁步前進。

公共納骨廟裡陳列的無數棺材以及沉睡在其中的人們，全都不發一語。

在一片靜謐的路上，只有三人走路的腳步聲彷彿尖刺一般在耳邊纏繞，揮之不去。

「捆束羈絆之物」

-union is strength-

1. 費奧多爾

我聽說了你的瞳力的事情。

也知道我待在你身邊的話，就會傷害到你。

這具身體僅存的意義，就是陪伴在你身邊。但是，因為這樣而讓你受苦並非我的本意。因此，我要離開這裡，前往某個遙遠的地方，避免讓這具身體成為傷害你的刀刃。

你是個情深義重的人，所以我明白這番話對你來說有多麼殘忍。在這個前提下，我有件事想要拜託你。

請你忘掉我吧。

好好珍惜留在你身邊的人——

「……為……」

他下意識地加重手指的力氣。

唰的一聲，手上的字條被他捏爛了。

「為什麼會變成這樣啊！」

費奧多爾這麼吼道。

他明白箇中道理。

瞳力的危險度，會隨著距離變近而增強……雖然這種事情他沒有聽說過，但如果說是這樣的話，他也可以理解。實際上在此之前，她在身邊待得愈久，他的頭就痛得愈厲害，當兩人分開時就會變得較為緩和。

只要拉遠物理上的距離，心靈也難以相互交流。要說是這麼一回事的話，他確實認為有其道理——也感覺有點對不起這世間許多在談遠距離戀愛的人就是了。

但是，他才不管這麼多。頭痛加劇也好，心靈崩壞也好，費奧多爾．傑斯曼理應把這些痛楚全部承擔下來才對。這次之所以會突然倒下，只不過是因為他太孱弱而已。要是他再健壯一點，耐性更強一點的話，大概就不會有任何問題了。

……他知道的。這個想法根本不合道理。

就算一再假設自己多麼強，沒有那種強度的人就是得不到那樣的未來。再加上，即使真的以超人般的強度來熬過痛楚，也未必逃得了不久後就會降臨的死亡。反正終結的時刻還是會到來，只是早一點或晚一點的問題罷了。

但就算這樣，他還是感到很不甘心。

也許有什麼是他做得到的。說不定他只是沒發現通往其他未來的手段而已。他無法不去斥責自己的軟弱，吼著：「開什麼玩笑啊！」

「…………」

兩人之間的連結並沒有斷掉。他能憑直覺遠遠地，隱隱約約地感覺到菈琪旭所在的方向。她還活著。只要夠接近的話，他應該能掌握到更確切的位置。因此，只要他想的話，他就能追上她。

追上去，追到她，然後……然後該怎麼辦？

什麼問題都沒有解決，也完全沒有顛覆她判斷的依據。換句話說，就算他這個沒出息的男人再如何哭哭啼啼地哀求，她也還是會立刻轉身，再次離開他身邊。

綜合各方面來看，就這樣跟她保持距離，讓她遠離自己是最好的辦法。這是無法動搖的事實。

「但是，這樣一來……不就像是我把妳趕走一樣嗎……」

他再次攤開揉成一團的紙條。

紙條的一角，寫著小小的一行字「我跟她一起走」，應該是「斯帕達」寫的。為什麼連那孩子都一起走了？是經過了怎樣的過程才會演變至此？他不懂，也無法想像。

「噯。」

緹亞忒的小小手掌放到了他的肩膀上。

「要不要出去走走？」

†

一陣風把瀏海吹得亂糟糟的，連變裝用的偏光眼鏡都快被吹掉了，他連忙用手指按住。

他們在視野廣闊的山丘上。

四下無人，也找不到長椅這類貼心的擺設，所以他直接在草地上席地而坐。一股冰涼的感覺隔著褲子緩緩滲透過來。

「呀啊，好舒服的風！」

緹亞忒一臉開心地大叫著，然後在他旁邊坐下。

「……是啊。」

費奧多爾將額頭貼在彎起的膝蓋上，口中喃喃這麼答道。

「哎，你看看你，把頭抬起來啦。風景也超棒的耶。你知道這裡是什麼地方嗎？雖然感覺像是內行人才知道，但姑且還算著名景點喔，不過我也覺得很矛盾就是了。」

「…………」

他抬起頭，粗略地環視四周。

「我在映像晶石的故事裡看過，是《發條裝置的戀與夢》的最後一幕嗎？」

他有氣無力地答道。

「沒錯！就是這個！話說，咦，你看過喔？」

「我姊夫很喜歡，所以他常常找我陪他去看。」

費奧多爾的姊夫，即艾爾畢斯國防空軍副團長，被視為五年前的「艾爾畢斯事變」的元凶而遭到處刑。雖然之後的知識分子全都擅自替他捏造出人物形象，但就費奧多爾個人而言，他是個平易近人到無一絲缺點的好姊夫。

「主角自動人偶是在那棵樹下壞掉的吧？而且身邊還有一群城中居民守護著。」

「沒錯！沒錯沒錯沒錯沒錯！」

緹亞忒點頭如搗蒜，那顆頭激烈地上下搖晃著。

「那一幕很棒耶，明明前面的劇情都很搞笑，卻只有那裡感覺很惆悵。平常總是愛使壞的老爺爺，只有那時候變得很溫柔。」

這時，她像是突然想起似的說道：

「……哎，真沒想到會跟你在這種地方談這種事情。」

「是啊。」

這裡和映像晶石裡的景色有點不一樣。

畢竟是跟將近四十年前所拍攝的東西比較，會不一樣也是滿理所當然的事情。不過，在現實中見到的景色似乎更加鮮明悅目。

這座城市還活著。

或許比不上過去充滿榮景的全盛時期，但儘管如此，這裡有許多人相信著未來，並且活在當下。

「是說，你頭痛的狀況怎麼樣？」

「有變緩和了。雖然不是完全不痛，不過幾乎沒影響了。」

「這樣啊，那麼，菈琪旭的判斷並沒有錯。只要隔開距離的話，你的眼瞳之力的副作用就會暫且被抑制下來。雖然還不曉得是不是會一直沒事，但總算是知道抓到了希望，她和你或許都能健健康康地活下去。」

「是這樣沒錯。」

「看你倒不是很開心的模樣耶，你對她的身體還有留戀嗎？」

「那是當然的啊……呃，不對！跟身體還有留戀都沒有關係，就是一般的意思啦，人不在了我當然會很捨不得，而且也會擔心她啊！」

「是是是，沒有非分之想，完全沒有。」

坐在隔壁的緹亞忒不知在紙袋裡翻找著什麼。

「妳從剛才開始到底在做什麼——」

「給你。」

他的問題還沒問完，答案就先遞到他面前了。

答案長得圓圓的，中間開了一個洞，散發著甜甜的香味。

「……甜甜圈？」

「不然你覺得這東西像什麼呢，費奧多爾老弟？」

緹亞忒用一副高高在上的口吻說道，然後把甜甜圈塞進他的嘴裡。

好甜。

「這是慶祝你康復。我早就有所準備了。那個藏身處附近有一家店看起來很好吃，我就先去探勘了一下。」

緹亞忒得意地哼了一聲，再度翻找著紙袋，接著拿出淋滿巧克力的甜甜圈一口咬下。

「嗚咿，豪好知。」

她露出陶醉的表情，一邊咀嚼著食物，一邊不知在說些什麼。真是太沒規矩了。

費奧多爾斜眼看著她吃東西的模樣，同時再次拿起她給的甜甜圈，咬下第二口。除了砂糖的存在感有點強之外，是很樸素的味道。雖然沒有美味到驚為天人的地步，但該說是符合它的價格，還是這個份量完全夠吃，或者是味道滲透到了整個疲憊至極的身體，又好像是很久沒有這種感覺了，總之──

「……真好吃。」

嚼了又嚼，嚼了又嚼，然後吞下。

「對呀。」

緹亞忒在吞下口中的食物後，也馬上跟著點頭說道。

他覺得很懷念。

在不久之前，他似乎曾理所當然地度過這樣的時光。

「我說你。」

緹亞忒直直地注視著景色，用輕鬆的語氣問道。

「你喜歡菈琪旭嗎？」

「這當然……」

「別給我回答什麼上司對部下的感情之類的喔，因為你早就被炒魷魚了。」

被她先下手為強給堵住出路了。

「也別說你對無徵種沒有興趣喔。你應該不是那種會戴著有色眼鏡去評斷種族的傢伙吧？」

又被堵上了另一條出路。他已無處可逃。

費奧多爾決定就回答一句話，之後不再多作解釋。

「我當然喜歡她啊。」

說完後，他便發現自己失敗了。他原本是打算糊弄過去的，結果沒想到雖然只答了一句，卻是出自真心的一句話。當他暗叫不妙時已經太晚了，封住的東西被掀開了蓋子，糾纏不清的情感傾洩而出，將費奧多爾整個人塗滿。

「啊。」

事到如今他才體會到，她願意待在他身邊這件事，讓他受到了多少支持；她毫無責難地給予他肯定這件事，讓他獲得了多少力量；儘管她被墮鬼族的瞳力束縛，受到不自然的感情驅使，卻又成為了他多大的助力。

以及，他一直以來有多依賴她的溫柔。

身旁的緹亞忒窺視著他的側臉。她在觀察他。他察覺到這一點，便撇開了臉龐。

「好吧。」她重重地嘆出一口長氣。「那個叫什麼來著，瞳力嗎？如果你是靠那種力量把她當作百依百順的人偶，只為了拖著她到處跑，那我絕對會殺了你。不過，看在你這張可憐兮兮的表情的份上，我姑且就不過問太多細節了。」

「……妳沒說錯，我確實一直把她當作百依百順的人偶。」

墮鬼族的瞳力的確用看不見的繩索束縛住了她的心靈。他沒打算要逃避這件事。

「雖然我不想被妳殺了，但我不會逃避面對這個事實的。」

他握緊拳頭，儘管手指幾乎沒有使上力。

「哦。」

「……就這樣？」

「不然你希望我說什麼？」

「不是，我沒有那個意思……就是了。」

他咬了一口甜甜圈。

咀嚼一番，然後嚥下。

出神地眺望著在眼前延伸開來的路燈。

時光慢慢地流逝。

「我果然沒辦法和珂朵莉學姊她們一樣啊……」

耳邊傳來這個略顯落寞，卻又有點開心的喃喃自語聲。

現在必須加緊腳步才行。

哪怕提前一天，甚至提前一秒都行，他要盡快解放妖精。

因此他一路衝刺，未曾休息。堅持到了今天。

像這樣逐漸縮短的寶貴時間，只是徒然地流逝而去。

「對了，費奧多爾，我可以再問你一件事嗎？」
「嗯？」
他心不在焉地示意她說下去。
「你知道瑪格．麥迪西斯這個名字嗎？」
「……咦？」
他懷疑自己聽錯了。
「這該不會是那個『斯帕達』的本名吧？」
他忍不住嚥下一口唾沫。
「你是在哪裡聽到這個專有名詞的？」
「之前在其他地方出任務的時候。不過，你不回答也沒關係，看你剛才的表情我就想像得到了。」
緹亞忒仰望天空。
「結果那孩子也走了，唉……原本想跟她打好關係的。」
「我不懂妳的意思，快解釋一下。」

「才不要咧。」

緹亞忒壞心眼地露齒一笑。

之後不管費奧多爾怎麼問，她都不願把答案告訴他。

2. 貴族宅邸

哈啾一聲，菈琪旭張開嘴打了一個小小的噴嚏。

身體微微顫抖著，大概是著涼了吧。

環視周遭——這裡正是所謂的豪宅。正確來說是在玄關大廳。天花板高得要命，上面還畫著感覺很莊嚴的繪畫，並垂掛著看似很重的大型水晶吊燈。往下一看，正面有一幅巨大的肖像畫、通往二樓的樓梯以及連接宅邸內部的大門。

在肖像畫中，有一個看起來很難取悅的栗色狼頭正瞪著這邊。

她覺得他的毛皮看起來很溫暖。

這棟宅邸可能是由這個人打造的。這個玄關大廳實在太寬闊了，對於身為無徵種的她來說相當陰冷。像她們這些無徵種，就是要大家一起住在略顯狹窄的建築物裡，那樣的熱量才是剛剛好的。

「搞什麼……這不是無徵種嗎！」

似乎很不悅的宏亮嗓音響徹了整個大廳。

只見一名高大又胖嘟嘟的白色狼頭獸人，看上去一臉不高興地瞪著她們。菈琪旭瞥了他一眼後，目光移向站在自己旁邊的男子。

「哎呀呀，閣下，我之前應該已經告訴過您這些孩子的種族的事情了。」

納克斯嘿嘿地露出毫無誠意的笑容，說道：

「您可是相當寬容大量地叫我別管那麼多，直接帶她們過來喔。」

「唔……可是啊……」

「我以為您知道自己必須收留她們。」

「這……這是兩碼子事，別給我混為一談！我在說的是，你竟敢特地把髒東西帶來我面前，你實在欠缺思慮！」

她在想，這究竟是什麼情況？

看來她們並不受到歡迎，這一點她是懂了，也明白對方正在用相當難聽的字眼臭罵她們，但也就只有這樣而已。到底發生了什麼事情導致情況變成現在這樣，這部分她還是搞不太懂。

「終歸是偏僻地區的情報販子，似乎還是缺乏貴族風格的考量啊！」

「哦，或許是這樣沒錯吧。」

面對激動地罵得口沫橫飛的狼頭，納克斯只是聳了聳肩。

「那麼，這些孩子的事情就跟之前說的一樣，拜託您了喔。」

「我知道啦！婆婆媽媽的有夠煩！」

白狼頭拱起雙肩，一邊散發著不悅的情緒，一邊往宅邸內部走去。

貓徵族的侍從帶她們前往房間。

「不好意思，現在所有的客房都滿了，很抱歉只能請諸位將就使用這個房間。」

這是一間小而舒適的房間。

房裡沒有任何擺設品。這大概是位於閣樓的房間，天花板沒有多高，而且是傾斜的。窗戶的另一邊就是其他建築物的灰泥牆，彼此之間沒有隔多遠。也許是陽光沒有照射進來的緣故，又或者是通風不好的緣故，滯留在房內的空氣略顯潮溼。

「沒想到房間還不錯嘛。」

她喃喃地吐出這一句話。

「看那副氣勢洶洶的模樣，我還以為會被扔進馬廄裡呢。」

「主人非常懂禮數，即使對象是無徵種，他也不會做出有損客人尊嚴的事情。」

「是喔……」

雖然言詞很恭敬，但內容聽起來實在不怎麼有禮貌。

話雖如此，似乎也不是在戲耍她們。面對打從心底厭惡的對象，想必他們已經做出心中能夠忍受的最大讓步了吧。

「那麼，我就此告退。之後我會把晚餐送過來，若是有什麼需要的話，只要用那邊的鐘呼喚我即可。」

侍從深深一鞠躬，接著便退出了房間。

房間裡只剩下菈琪旭、納克斯和沉默地抓著菈琪旭衣袖的「斯帕達」……也就是瑪格這三人而已。

「……………………還真是驚人啊。」

她脫口而出這樣的感想。

許多種族的人都對無徵種感到嫌惡、痛恨與厭煩。這是懸浮大陸群的常識，菈琪旭心中也確實清楚這一點。既是無徵種又是黃金妖精的這具身體，無論是「菈琪旭」還是「愛洛瓦」都有幾個因種族原因而招致惡意的記憶。

然而，和這次一樣的待遇是記憶裡沒有的。

「哎呀，真抱歉啊，這裡的主人本來就是個不承認獸人以外人權的貴族。別看他剛才的態度，那已經是經歷過很多事情後，變得比較圓融的模樣了。」

納克斯毫無責任感地「啊哈哈」笑了起來。

「順便告訴妳們，他似乎也很不喜歡像我這樣的有翼諸族喔。他一直以來都主張科里拿第爾契市是只屬於深色毛皮獸人的城市，除此以外的其他種族應該都要被攆出去才對。」

瑪格的身體劇烈地震顫了一下。

要說這孩子是無徵種的話，她的身體比較接近獸人(Lykanthropos)一點。只要讓那個男人看到她的長相，或者應該說耳朵才對，他的態度或許就會軟化下來。不過，當事人似乎不願意拉下斗篷的兜帽，所以也沒辦法。

「為什麼又把我們帶來這種人的地方啊？」

「當然是有需要呀，妳們不是想偷偷搭飛空艇前往想去的地方嗎？」

「是這樣沒錯啦，但看那副模樣，感覺不會願意幫我們耶。」

她最先想到可以求助的，是佶格魯介紹的那些豚頭族(Ork)商人。但是，他們終究只是費奧多爾的協助者，沒什麼道理要幫菈琪旭個人，而且萬一沒處理好的話，可能會帶給費奧多爾更大的麻煩。

雖然同樣的情況也可以套用在納克斯身上，但不知怎麼說，總覺得他比較好說話，很好拜託事情，利用他不會令人感到不好意思。所以才會像這樣拜託他介紹可以幫忙她們的人。

「別擔心啦，那個貴族現在好像有點麻煩事纏身，非常需要幫忙，甚至不惜暫時扭轉自己的主義與主張呢。」

「那樣叫作扭轉過喔……」

「轉來轉去後就是那樣啊。再說不管怎樣，只要老實接受交換條件，他應該還是願意幫忙安排一下祕密飛空艇的。」

交換條件。

她有種不好的預感，但她的立場也沒辦法要求無償的協助，除了接受也沒有他法了。

「好啦，我要先告辭了，之後的事情妳們自己看著辦吧。」

「……咦？你要丟下我們嗎？」

「放心吧，就算種族不同，語言還是相通的，即使心靈不相通，利害關係也是一致的。菈琪旭小妹一定沒問題啦，我可以打包票喔。」
「不用你打包票，至少再——」
「那就這樣啦。」
言出必行。
納克斯微微揮揮手，立刻就離開房間了。
「……唔。」
她在簡易床鋪上坐下，小聲沉吟著。
總覺得心裡很不踏實。
納克斯說過，語言是相通的。但是，回想起剛才的對話，她就感到些許不安。現在的菈琪旭對於交涉這方面並不是很有自信。
「不過，焦慮也不是辦法就是了……」
一股柔柔的觸感。
某個溫暖的東西包覆住了兩邊的耳朵。

只見瑪格在她面前伸出雙手，輕輕地搓揉著菈琪旭的耳朵。

「……瑪格？」

「有冷靜……下來了嗎？」

「呃這個……嗯，有。」

原來是之前提過的，觸碰耳背就能冷靜下來的事情。

那似乎是瑪格自己的經驗談，不過這孩子形似貓耳的耳朵跟她不一樣，用同樣的方式對待真的沒問題嗎……不對，更重要的是——

「我的表情看起來有這麼沉重嗎？」

「一點點而已。」

「這樣啊。」

她決定改變一下思考方式。

首先，一開始最主要的目的，也就是與費奧多爾隔開距離，這件事就目前來看算是充分達成了。和他之間的不可思議連結到現在還殘留著，也能模模糊糊地掌握到大致的距離與狀況——因此，她很確定他目前平安無事。不過話雖如此，由於彼此依然待在同一座城市裡，所以她還是想盡快前往其他懸浮島。

再來就是關於移動到其他懸浮島的事情。雖然沒有得到口頭承諾，但目前就某方面而言，交涉應該進行得很順利。這棟宅邸的主人，那個白狼頭明顯很厭惡身為無徵種的她們，但厭惡歸厭惡，他並沒有把她們趕出去，姑且把她們收留在宅邸裡。而這是因為，菈琪旭對他來說有個重要的功用。

重要的功用。

她聯想到瑟尼歐里斯。那可謂是菈琪旭．尼克思．瑟尼歐里斯這個人所肩負的最大功用，也是存在的理由。然而，那把劍現在並不在她手上。她覺得帶著劍逃走不太好，所以就留下了。

她閉上眼，翻尋記憶。

「菈琪旭」以前對這把劍抱有複雜的情感。那是過去她尊敬的學姊所揮舞的劍。據說這把劍只有背負著死於非命的命運的人，才有資格使用。被這把劍選中一事，也代表「菈琪旭」的未來註定不會有什麼好下場。

（是說……現狀就已經夠悲慘了……）

喪失人格，被別人奪走身體及記憶。

她身為當事人也認為這是相當過分的事情。

再加上，根據「菈琪旭」的另一個記憶，在與這把劍契合後，她就立刻親手刺殺了視為生父般仰慕的對象。

（……）

對現在的菈琪旭來說，回想「菈琪旭」的記憶這件事，感覺就像是以前讀過的書本內容浮現在腦海中一樣。終究只是別人的事情，並非帶有實際感受的回憶。

儘管如此，她的心卻有一點痛。

「不要緊的。」

瑪格溫柔地撫摸她的耳朵。

「我會……陪伴在妳身邊。」

「……是啊，謝謝妳。」

她輕笑一聲，任由自己沉浸在那溫柔的指尖觸感中。

（……話說回來。）

她腦中忽然冒出一個疑問。

（剛才忘記問了，那個不可一世的貴族是叫什麼名字？）

†

離那棟宅邸稍微有段距離的後巷裡。

待四下沒有其他人的氣息後，納克斯．賽爾卓便停下了腳步。

「我照妳說的賣掉了……不過這樣真的好嗎？」

他用不快的表情朝一片幽暗問道。

「那可不是什麼陌生人耶，真的這麼簡單就能拋棄嗎？」

「事到如今還在問這個？」

在一片幽暗中，傳來女性的聲音如此回應道。

「別人也好，自己人也罷，生命並沒有輕重之差，當然也無關乎男女老幼。你以為我至今為止讓多少人沉入血海之中了？」

「如同家人般的孩子又該怎麼說？」

「所以更好殺不是嗎？再說，如果因為是家人就沒辦法從背後捅一刀的話，那可就當不了墮鬼族嘍。」

納克斯緊緊咬住下唇。

「真讓人不爽。」

「是嗎？原來你思想很正常嘛，我有點意外呢。」

「少囉嗦，妳可千萬別後悔啊。」

「嘻嘻，現在說這種話真的太晚了。」

那女聲笑道。

「你知道做天理不容的壞事有什麼訣竅嗎？我告訴你，就是持續選擇最令人後悔的那條路。並且，不斷累積連自己都想殺了自己的錯誤。這就是我選擇的生存之道。**事到如今，我不可能會逃避面對後悔這件事。**」

「唉——這樣啊。那麼，我不會再說什麼了。」

納克斯抓亂自己的頭髮，不再理會幽暗中的聲音，開始邁步前進。

「把最痛恨的自己逼到絕路時的笑法。」

納克斯小聲嘀咕著，不讓任何人聽到。

「唯有這一點，姊弟倆真是一模一樣啊。」

3. 逃亡者

無數木桶滾落樓梯。

伴隨著慘叫聲，六名男子——偽裝成平民的帝國士兵被捲入其中，從樓梯上掉了下去。

「往這邊，快點！」

妮戈蘭回應這聲呼喊，抓住在隔壁奔跑的單眼鬼的大手，衝入旁邊的小巷子裡。

逃了又逃，等看不到追兵的身影後，又繼續拉開一小段距離。

「呼……抱歉啊，葛力克，突然把你叫來。」

穆罕默達利喘出一口大氣，靠在一邊的牆上。

「真是的，我可是呼風喚雨的偉大護翼軍人耶，逃犯不要隨便聯絡我啦，小心我逮捕你們喔。」

的腰。

綠鬼族一邊開心地笑著，一邊伸出手——由於碰不到肩膀，所以取而代之地拍了拍他的腰。

「在我的朋友裡，你是最不會欺瞞自己內心的那一個。不管現在的立場如何，我都相信你至少會聽我把話說完。」

「呿，真敢說啊。」

綠鬼族——葛力克．葛雷克拉可神情愉快地啐了一句。

「好久不見了，葛力克。」

妮戈蘭朝他說話後，他就「哦」了一聲，露齒而笑。

他可能是覺得維持一身打撈者的裝扮實在太過顯眼，便罕見地換上了率性的便服。上半身是方便活動的襯衫，下半身則是長度到膝蓋的寬鬆褲子；皮帶邊上掛了好幾個小包包，看起來就像是裝飾品一樣。

「……咦，娜芙德呢？那孩子現在應該還是歸你監督吧？」

「哦，**跟另一個一起**溜到不見蹤影了，我猜應該在這座城市裡的某個地方啦。」

「不是吧，尉官以上的監視責任是這麼隨便的東西嗎？」

「哈哈，別在意，就算被發現，最壞的情況也不過就是我丟了工作而已，再說……」

他壓低嗓音。

「現在城裡的護翼軍沒有閒工夫一一懲處這種程度的違規啦。看有多少追兵在追你們就知道了吧？他們是真的被逼到沒辦法選擇正當手段的地步了。」

「……你說得沒錯。」

長年以來，妮戈蘭都是在妖精倉庫擔任護翼軍的協助者。她對於護翼軍這種組織的情況有著最低限度的知識。並且，只要用這個知識對照一下，便能發現這座城市的狀況明顯有異。

「順便說一下，我呢，拜這裡的總團長的貼心所賜，什麼情資都沒有拿到喔。你們要不要仔細聽我說說為什麼情況會變得這麼麻煩啊？」

「當然了，正有此意。」

穆罕默達利用力地點了點頭。

「不過，我們邊走邊說吧，現在想加緊腳步移動。」

「話是這麼說啦，但這一帶沒有多少可以安心藏身的地方喔。雖然到外緣的打撈者協會就有包廂可以使用，但從這裡過去有一點遠。」

穆罕默達利輕聲一笑。

「別擔心，我知道一個恰好適合我們的地方。」

「哦？不愧是老兄你啊。你是指哪一家店？『草編帽』？還是『雞腿椅子』？不對，或許出人意表地是『紅粉知己』之類的？」

「不是那些店啦。你自己剛才不也說過這一帶沒有多少可以安心藏身的地方嗎？」

「啊？」

「我指的是一般人更難出入，更適合談話的地方，而且，搞不好我們可以在那裡得到想要的情報。」

他左右搖了搖粗厚的手指。

「也就是，殺人現場。」

†

這陣子，與護翼軍互有關聯的多名要員接連遇害。

內部稱為「塗黑的短劍」的這起連續殺人事件，實際上是護翼軍內部發起的接近肅清性質的行動。岩將輔佐官下達「殺光這些傢伙」的命令，他的部下便忠實地完成了任務。

令人震撼的是，最初的犧牲者正是岩將輔佐官本人。而其餘人們對這道命令的理由和目的也一無所知。

穆罕默達利，是第六個——差點成為最後一個犧牲者的當事人。並且，他也是在看完所有被害人的名字後，唯一發現「為什麼要下達殺死他們的命令」的原因的人。

——已經連接到那個詞彙了吧。我指的就是莫烏爾涅之夜。

——六個擁有妖精調整這方面知識的人，全部都是共犯。

——那一晚的記憶一直讓我們感到害怕——

（…………實在是搞不懂。）

從那之後，穆罕默達利就沒有再做任何說明。

莫烏爾涅之夜究竟是什麼？為什麼他要說他們六人是共犯？為什麼他對其他五人的死不抱任何疑問，就這樣試圖接受自己要被殺掉的事實？到底是什麼東西，讓穆罕默達利這個頂天立地（物理上）的大漢子如此害怕？

不了解的事情太多了，應該說，沒一件了解的事情。

但是，穆罕默達利說：「什麼都不要問，相信我就好。」而妮戈蘭也接受了。所以她什麼都沒問，便陪著穆罕默達利踏上逃亡之旅。

她相信會如他所說，在這趟旅途的前方，可以找到心愛的女兒們的未來。

†

鐵門正中央貼著醒目的「禁止入內」的告示。

門鎖被無情地破壞，取而代之的，是重重繞起的粗鐵絲，嚴密到不能再嚴密地封鎖住這扇門。

「喝！」

妮戈蘭握住門把，稍微一使勁。

門把嘎吱作響，鐵絲被撕裂，門打開了。

「哎呀，這樣就開了，真是不小心呢。」

妮戈蘭用手指抵著臉頰，開玩笑似的這麼說道……但是，同行的兩個男的只是僵著一張臉，沒有捧場地笑幾聲。

換作是某個壞心眼的人族，在這種時候大概會配合地回幾句捉弄人的話……之類的，她的思緒有一瞬間飄向了遠方。她馬上想起來現在不是這種時候，便正了正神色。

他們穿過鐵門。

藥物的臭味刺著鼻中深處。

破碎的試管、燒杯以及無數的書籍和紙片散落一地。一眼就看得出來這裡是某種東西的研究設施，而且也已經被破壞到無法再恢復成原本的研究設施了。

「在這裡被殺害的，是與護翼軍互為協助關係的祕蹟研究組織中的一員。那個男人原本是我的同事。」

差點成為要員連續遇害事件最後一個目標的穆罕默達利．布隆頓醫師，一臉懷念地瞇起了眼睛。

接著，他痛心地沉下嗓音，講述著死去的老友的事情。

「我專攻竄改妖精的體質，而他則選擇解開遺跡兵器之謎的道路。話雖如此，在一無所知又拿不到任何預算的情況下，他好像很快就放棄了。據說這數十年來，整日沉迷酗酒和賭博。其實他是最初期二等咒器技官的其中一人——」

他一邊說著，一邊進入內部的房間，走到書本都被扔掉，如今已空空如也的書架前。

他把粗厚的手指伸進裡面摸索，拔掉將書架固定在地板上的金屬零件。只見他沒什麼使勁地「嘿咻」一聲，用單眼鬼的鐵臂抱住書架，往旁邊一挪。

「還有，他也是個喜歡做這種機關的傢伙。」

那書架的後面，並沒有牆壁。

「暗……暗門？」

葛力克睜大雙眼，傻住了。

「這一帶的地價相當昂貴，把空間分配給平常不能用的房間實在不怎麼合理。儘管如此，他還是硬要這麼做的原因，好像是因為有必須藏起來的東西，另外就是個人興趣了吧。」

「哦，這樣啊，嗯。興趣嘛，如果是興趣的話就沒辦法了。」

「咦？你是認同這一點？」

「這有啥好奇怪的，既然我是追求自己的浪漫而活，當然也要盡量尊重別人的浪漫啊……嘿。」

葛力克從小包包裡拿出隨行燈，點上火。縮小光圈往門的另一邊探索。

「還滿寬敞的嘛，但對老兄你來說可能窄了點。」

「沒什麼，我的立場也沒資格抱怨。」

穆罕默達利慢吞吞地穿過門，確實感到很擁擠似的彎著身體，一邊環視著四周。他看到簡陋的書桌上有雜亂地散落著的筆記後，便稍微翻閱了一下。

「——嗯，果然沒錯。他的結論也跟我差不多。」

「是喔，那就好。」葛力克搔了搔頭。「……所以，結果到底是怎麼一回事？為什麼那些危險的傢伙會盯上醫生你的性命，而醫生你又為什麼會一臉頓悟似的表情啊？」

「嗯，我都會說的。」

穆罕默達利用平靜的聲音這麼說道。

妮戈蘭嚥下一小口唾沫。穆罕默達利現在要開始述說的，是他一直以來都徹底隱瞞在心底的事情。其中應該包含他之所以守密的原因，以及現在此刻可以打破這個禁忌的原因。

「由於我不小心說出關鍵字的緣故，那對墮鬼族姊弟可能已經差不多要發現真相了。如此一來，我還瞞著一切不告訴你們也沒什麼意義。」

穆罕默達利瞇起那隻單眼，溫和地，又有些悲戚地笑了。

「但在此之前，我希望你們能做好一個覺悟。我接下來要說的事情，本來是不能留存於這個世界的知識。具體來說，要是你們知道的話，就會落到跟我相同的立場，性命將被護翼軍盯上。」

「……等等。」妮戈蘭插嘴道。「學長你們之所以被盯上性命，不是因為知道調整妖精孩子們的方法嗎？雖然我也非常想知道那個方法，但那不適合現在在這個地方說吧？」

「我並不是要說明調整的方法。她們無法變成大人，只能各自與一把遺跡兵器相契合，**這些都是我們特意策劃的**……而我要說的，就是這背後的原因。」

妮戈蘭倒抽了一口氣。

「另外，還有一點。只要你們知道這件事，莫烏爾涅的威脅就會增強。不管怎麼樣，就算捨棄性命都必須阻止它發動。我希望你們能做好這個覺悟後，再聽我說後續的事。」

4. 遺跡兵器莫烏爾涅相關之記憶與考察

話說回來，實際上，現在的狀況有點麻煩。

因為緹亞忒就在他身邊。

光從外表來看的話，除了那頭鮮豔的嫩葉色髮絲與眼瞳外，她就是一個普通的無徵種少女。身高比費奧多爾還要矮，手腳也很纖細，又一臉天真爛漫的模樣，行為舉止帶了點孩子氣，看起來實在無法造成什麼威脅。

然而，麻煩的地方就在於身為黃金妖精的她，有了燃燒旺盛的魔力加持後，便可以發揮出費奧多爾無法比擬的力量。揮個拳連岩石都能擊碎，跑起來比風更快，也能飛上空中，還會噴火……不對，噴火這種事情怎麼說都是不可能的，但姑且不論這一點。

「我不會讓你逃的喔。」

如此強悍的對手，一直保持極近的距離監視著他。

面對這個對手，逃得了一時也逃不了一世，既壓制不住她，靠話術的話……用極端的招數或許可以騙她上當，但後果同樣也不堪設想。

如果比緹亞忒強的菈琪旭也在場的話，事情又會不一樣了。然而，現在的他們是處在完全沒有人打擾的兩人世界。

（真傷腦筋……）

再繼續帶著這個麻煩的監視者的話，根本無法行動。

比方說，他想要回去找那些在科里拿第爾契市會幫助他的豚頭族商人。但現在這麼做的話，就等於把內情暴露給與他為敵的緹亞忒了。這樣實在不太妙。

「……為什麼前武官會受到黃金妖精監視啊？這不是反過來了嗎？」

「誰叫你平時沒在積陰德。」

這句話他難以反駁。

「我也是很困擾的好嗎？」

走在沒什麼人的路上，緹亞忒鼓著臉地說道。

「雖然我很想快點帶你回三十八號懸浮島，但現在要是讓第一師團的人發現你的話，你就慘了。」

走在她身旁的費奧多爾搔了搔臉頰。

「……就算回到第五師團，我也一樣會落到很慘的下場吧。」

「這個嘛，我的意思是，你自己做過的事情當然要接受相應的懲處。但如果交給這裡的師團的話，你的下場可能會更加悽慘。」

叛徒的下場，往往不是死刑就是終身監禁。無論在第一師團還是在第五師團大概都一樣，頂多差在死前會不會經過拷問這道程序而已。

「我不會讓你死的。因為我是你的敵人，我不許你用那種方式逃掉。」

緹亞忒感覺很愉快地說著。

「你會被關在農村裡強制勞動，這就是你的下場。」

「哦，要我一手拿著鶴嘴鋤，去勞動環境惡劣的礦山之類的嗎？」

費奧多爾很不擅長做體力活。一輩子都被逼著做不擅長的事情，這的確是很殘酷的懲罰。他這麼想著，不過……

「你在說什麼啊，就算是去那種地方，你也派不上什麼用場啦。」

「……是這樣沒錯。但派不上用場又有什麼關係，畢竟是懲罰啊。」

「任何情況下，適才適所都是很重要的一點。其實我已經想到哪裡更適合你了，就是來我們倉庫打雜。」

「打雜？」

「所有家事都要做……像是照顧一大堆莉艾兒這樣的孩子之類的。」

這確實也既殘酷又辛苦，感覺勞累的程度完全不輸給用鶴嘴鋤去挖礦的懲罰，並且

——聽起來是相當美好的未來。

「不說這個了。」費奧多爾轉移話題。「我們的利害關係應該是一致的，我希望能得到妳的協助。」

「我不要。」

「我都還沒說完，別拒絕得這麼快啦。簡單來說，在第一師團穩定下來之前，我們都無法行動對吧？既然如此，我們幫那些傢伙把問題解決掉就行了啊。這樣一來，我們三

——兩個人不就可以順順利利地回三十八號懸浮島了嗎？」

菈琪旭的臉龐浮現在腦海中，他立刻將之抹掉。

費奧多爾同樣想快點回到三十八號懸浮島。距離預定對〈第十一獸〉展開攻擊的日期已經剩沒幾天了。不盡快把成果帶回去的話，可蓉和潘麗寶就會被送往戰場。

費奧多爾還不知道，在那片遙遠的天空下，原本預定的時間提前了，早已展開作戰。

「我說啊，所謂的事件，可是指連續殺人事件以及單眼鬼醫師被綁架的事件喔。雖然我不知道你是多厲害的名偵探啦，但把解決事件說得那麼輕鬆實在是……」

「前者的犯人是護翼軍，說得更具體一點就是『桃玉的鉤爪』岩將輔佐官和他的直屬部下。而穆罕默達利．布隆頓博士則是自己逃走的，現在應該跟妮戈蘭女士在一起。」

「……咦？」

緹亞忒停下腳步。

「護翼軍是犯人……咦，怎麼會？為什麼事情會變成這樣？應該說，為什麼你連這種事情都知道啊？」

「我之前就跟妳說過了吧，我和穆罕默達利博士會合過一次。當時從他那邊聽到了很多事情，我也有用自己拿到的情報互相推敲過。雖然還有很多不足之處，但問題的輪廓已經顯現出來了……」

忽然之間，費奧多爾也停下了腳步。

沒錯，他有在收集情報。然而，欠缺的部分太多了。那甚至不存在護翼軍的機密之中，而是只存在穆罕默達利的腦海裡，不論對象是誰，他都堅決不透露。

莫烏爾涅之夜。

與遺跡兵器莫烏爾涅有關的某個事件。

「…………還真是……奇怪啊？」

那一天發生了某個事件。這無所謂。詳細的事件內容相當危險以致不能公開。這也無所謂。

問題在於，這個事件存在本身即為祕密，儘管如此，遺跡兵器莫烏爾涅此物的情報，卻只被視為一般機密。如果莫烏爾涅很危險的話，正常來想，應該必須讓其他人把這件事流傳下去才對。要是事件本身被忘掉的話，將來可能會重蹈覆轍也說不定。

「你怎麼了？」

「沒什麼……只是……」

情況並不一致，這很不自然。不自然的事物會有其原因。當然，有可能只是護翼軍的情報管理體制出現了破綻，又或者是理應視為機密對待的事物沒有被視為機密，而不應視為機密的事物卻被當成了機密。

但是，如果，不是那樣的話；如果，誰都沒有犯錯的話。

「危險的並不是記錄莫烏爾涅之夜的**內容**嗎……？」

費奧多爾脫口說出了一個假設。

「知曉莫烏爾涅之夜本身，才是足以讓岩將輔佐官他們接受死亡的重大問題……難道是這個意思？」

「喂——！我說你呀——！費奧多爾——！停在路邊嘀嘀咕咕，可會給行人帶來困擾的喔——！……喂，你有在聽嗎？」

他當然沒有在聽。

費奧多爾深深地陷入自我思索之中。

「如果是這樣的話……原來如此。為了讓妖精絕對無法與莫烏爾涅相契合，因而加入了調整的步驟。醫生所說的那番話，是跟這一點有關。換句話說，莫烏爾涅有著與規格不相稱的潛在危險——」

†

「遺跡兵器莫烏爾涅的異稟，是『掌控所有知曉其能力者』——」

穆罕默達利緩緩翻著故人留下的筆記頁面，並以和緩的聲音加上類似宣判死刑的口吻說道。

「——這是我們的推測，且終究只是推測，並沒有詳盡地寫在說明書上。實際上，從莫烏爾涅啟動而引發的一連串事件來看，恐怕就只是把這個現象轉成語言陳述出來罷了。不過，我認為這是非常正確的解釋。」

葛力克張大了嘴巴。

妮戈蘭則用雙手捂住了張大的嘴。

「在人族遺留下來的記載中，有提到莫烏爾涅是一把『結合夥伴力量』的劍，但這跟我所知道的差太多了。不知道是原本的記載就是錯誤的，還是這五百年間莫烏爾涅的性質產生了變化。」

「實在是……聽不太懂啊。」葛力克呻吟著。「所以是這個意思嗎？要是莫烏爾涅想的話，在場的我們三人全部都會成為它的手下？」

「就是這樣。護翼軍徹底消除情報，還有『塗黑的短劍』事件中除了我以外的人都死了，就結果而言，風險也相對地受到抑制了。」

「要是我現在到城裡四處講這件事，整個城市的人就會全部中招嗎？」

「當然。」

「呃，不是啊，東西都是有限度的吧。你以為這座城市有多少人啊，總不太可能全部都中招吧——」

面對冒著冷汗想一笑置之的葛力克，穆罕默達利無情地阻止了他。

「所謂的『莫烏爾涅之夜』，是過去一名妖精因為與遺跡兵器莫烏爾涅相契合而引發的事件。事發地點在二十七號懸浮島，那是一座相當繁華的島嶼，城市雖然比不上科里拿第爾契市，但規模也很龐大。」

他緩緩地搖了搖頭，繼續說道：

「若是看見受到莫烏爾涅掌控的人，就會明白是莫烏爾涅的能力在掌控對方；要是明白了那個能力，就會被莫烏爾涅掌控。於是發生連鎖效應，從一人到兩人，從兩人到四人，從四人到八人，只要有人在就不會消停。距離整座都市遭到吞噬，人們像是〈獸〉一樣開始破壞周圍，只是時間的問題而已。」

†

「——擁有『莫烏爾涅之夜』的相關知識，不對，只要有所認知，就會成為導致災難重演的導火線……如果是這樣的話，就能解釋穆罕默達利醫生的那個態度了。他之所以打算隱瞞所有的相關情報，可能是因為再怎麼瑣碎的情報都一樣危險，又或者是因為，他也無法精準掌握從哪種程度的情報開始會有什麼樣的危險……這麼一來……」

「喂！」

叩的一聲，一捲紙敲在費奧多爾頭上。

「……緹亞忒。」

「為什麼要擺出一副『我忘記妳也在了』的表情啊，你這個男生。」

費奧多爾回過神來。

「啊……不是，抱歉。嗯，我剛才想了很多事情。」

「唔，我看就知道了啊。所以你在想什麼？」

被這麼直接地一問，他不由得欲言又止了起來。

「你自己剛才不是說想要我協助嗎？雖然我不知道你打算做什麼，但你是要幫助大塊頭醫生和妮戈蘭對吧？你剛才不是在想該怎麼做嗎？」

的確和這件事很接近就是了。

「反正依你的個性，一定也有在盤算如何把我們妖精從使命中解放出來之類的吧？」

誠如她所說，也確實是如此。

「那麼，這之後的事情你也要如實告訴我啊。我是不知道你在打什麼壞主意啦，不過，我姑且還是能聽你說說看。另外，我聽完之後，也會決定要不要幫你。」

緹亞忒的眼睛直勾勾地盯著費奧多爾。

他忍不住移開了目光。

他心懷許多愧疚，再加上這雙眼瞳寄宿著他控制不太住的精神交感能力。所以，他沒辦法正面迎上這名少女的視線。

「……我需要遺跡兵器莫烏爾涅。」

「莫烏爾涅？」

聽到陌生的專有名詞，緹亞忒露出愣愣的表情。

「那是一把危險的劍。使用方式稍有不慎的話，輕輕鬆鬆就能讓兩座懸浮島墜落。但相反地，只要使用得當，它應該也能成為保護你們妖精的最強兵器。」

那是什麼，從來沒聽說過耶。

那是什麼，風險未免太大了吧。

那是什麼，疑點未免太多了吧。

——費奧多爾的腦海裡接連浮現出緹亞忒可能會說出口的否定話語。他也已經做好心理準備，無論現實中的緹亞忒說出其中哪一句都不會令他感到驚訝。實際上，他現在能講出來的事情稱不上有說服力，也說不出能夠模糊風險的狡辯，或是能夠粉飾疑點的言詞。

「唔嗯。」

結果，緹亞忒既沒有感到傻眼也沒有生氣，只是微微應了一聲。

「所以，要是能拿到那把劍，大塊頭醫生和妮戈蘭就不會再被護翼軍追捕，可蓉和潘麗寶也能平安無事地歸來，阿爾蜜塔她們也能恢復健康的意思嗎？」

「咦，呃……嗯，是啊，確實如此。」

費奧多爾模稜兩可地點了點頭。

「好，對我來說，能得到這樣的結果也沒什麼好挑剔的。但是，還不夠充分。想得到我的協助的話，你還要追加一個，或者是兩個最終目的。」

「咦?不是啊，等一下。以目前來說這樣已經很困難了，還要更多實在不可能辦到啊，應該說，追求太多而導致最後一場空的故事可是——」

曾有人說，墮鬼族是靠一張嘴謀生的種族。費奧多爾卻語無倫次地脫口說出了沒出息的話語。

緹亞忒伸出一根手指，堅定地直指著費奧多爾的鼻尖。

「你必須和菈琪旭她們一起過著幸福快樂的日子。」

「——咦？」

這番話完全出乎他的意料之外。但是，仔細想一下，這也確實像是緹亞忒會說出口的話。

「順便告訴你，菈琪旭說她現在已經很幸福了，所以接下來只剩你的問題。你不可以再把『我沒有那種資格』這句話當作逃避的藉口。你必須好好思考自己的將來，還有自己該回歸的地方。」

「不對吧，我可是叛徒耶，人生早就走到盡頭了啊。」

「所以我不是說過嗎？你會被派去妖精倉庫。」

她的確這麼說過就是了。

「再說，是誰規定叛徒不能思考自己的將來的？」

當然是從前制定軍法的人規定的吧。

她提出的要求非常強人所難。以現實面來看，這不是能接受的條件。然而就算費盡唇舌，感覺緹亞忒還是不會收回她的要求。

「我知道了，就這樣吧。」

費奧多爾得出只能屈服的結論。

反正只是口頭約定罷了，之後還是可以想辦法打破。他對自己這麼說道。

「好！」

緹亞忒看似滿意地笑了。她的笑臉不見一絲陰霾，可以感受到她現在是真的發自內心地感到喜悅。

†

對於這個局面，費奧多爾覺得自己一直落於人後。

畢竟自己這些人並不是這座城市裡發生的各種事件的當事人。不像穆罕默達利．布隆頓醫師那樣，就算保持沉默也還是會被拉進事件的核心。更不用說現狀只能拚命地收集情報，從外部掌握住事件的概況。

差不多該取得主導權了。為此，他必須親手攪和這個狀況，改變事件的形貌，移動核心的位置，讓局面朝向自己以外的所有人都無法理解的方向發展。

（……其實本來的話，應該不計形象地利用完菈琪旭就拋棄掉的。）

不穩定，不知何時會爆炸的最強級別的妖精兵。要是不用隱瞞其存在，乾脆當作武力來炫耀的話，不管是護翼軍、帝國兵、姊姊還是穆罕默達利醫生，都再也無法忽視費奧多爾的存在。

他當然不可能做這種親手摧毀最終目的的事情。然而，現在這種狀況就是堅持「不可能這麼做」的結果，他也必須接受這個事實才行。

他需要除了她以外的底牌。一張不允許任何人忽視，足以將費奧多爾拉上來當現狀當事人的強力底牌。

「接下來。」

費奧多爾在街角停住腳步。

緹亞忒疑惑地抬頭看他，而他則用眼神制止她，然後就這樣將視線往旁邊移過去。那裡停著一輛民用小型自走車。他的重點不在於車窗另一端的駕駛座，而是打磨得如同一面鏡子般的車窗本身。

「——嗨。」

費奧多爾朝車窗的另一端喊道。

『——喲。』

從車窗另一端傳來了這道回應。

緹亞忒的眉毛皺成奇怪的形狀，視線在費奧多爾的臉龐和自走車之間來回游移。她會這樣也是理所當然的，畢竟那臺自走車裡面壓根就沒人。在旁人眼中，看起來就像是跟沒有人的駕駛座打招呼一樣。

「狀況穩定下來了……其實也不能這麼說。差不多也拖到極限了，我現在就來確認你到底是什麼東西吧。」

『哦？』

反映在車窗上的**黑髮男子**，神情愉悅地勾起了嘴角。也就是說，他明確地對費奧多爾的呼喊做出了反應。

『之前對話時，我幾乎只能做出像鸚鵡學舌一樣的回應才對。但看你的表情，你似乎已料到現在是可以和我溝通的。這是為什麼？』

費奧多爾認得這名黑髮男子。他是躺在標註著「死亡的黑瑪瑙（Black Agate）」的箱子中的屍體。

由於那個箱子的運輸過程極其嚴密，大家都在傳那是大賢者的遺產，後來在擁有二等武官待遇的艾瑟雅的指示下，安置在零號機密倉庫。根據不負責任的傳言，那搞不好其實是已經過世的大賢者最後留下的遺產；更有人說，那裡面封印著最可怕的災厄，絕對不能打開——

「因為經過了一段時間啊。之前是你對大陸群公用語……不對，是對說話這件事本身還沒有習慣，才會有那樣的反應不是嗎？」

『哦？』

這次是感到佩服的聲音。

「再說，我只是有這樣的感覺罷了。雖然有預料到，但並不是很肯定。不過，只是搭個話而已，就算猜錯也不會有任何損失，這賭注對我有利。」

他的袖子被人輕輕扯了扯。緹亞忒緊盯著他看，那眼神彷彿在說：你在跟誰說話？你看到了什麼？不會是吃下了什麼亂撿來的怪東西吧？——他總之先伸出手制止她，而她則微微鼓起了腮幫子。

儘管與他的預料是否猜中無關，卻是惹緹亞忒不開心了。他額頭上流下冷汗，但他現在無暇顧慮到她的心情。

「所以，你是……惡魔嗎？在很久以前，寄生在人族的心靈，引導他們走向毀滅的精神體……」

『大錯特錯。不過，也算是微妙地抓住了本質吧。』

黑髮男子不知道在樂什麼，吃吃竊笑了起來。

『精神體這一點大致上沒錯，物質體則如你所見早就死了，既然中了瑟尼歐里斯的詛咒，也不可能會復活。只是一個和**半身**一起老老實實地死去的存在，等著世界末日到來罷了。』

鏡中的青年用大拇指比了比自己的臉，繼續說道：

『現在在這裡的我，是你的眼睛從那具屍體上吸出來的一種幻想體。』

他沒聽過幻想體這個詞彙。雖然很在意，但有更重要的著眼點。

「你說你中了瑟尼歐里斯的詛咒。」

他低聲問道。旁邊的緹亞忒聽到無比熟悉的專有名詞後，臉色一變。

「那是能夠使用的人，以及使用的時機都非常有限的機密兵器。只有菈琪旭小姐要和〈獸〉戰鬥時才會拿出來使用。這也就是說……」

『正確來說，在菈琪旭之前也有適合的妖精存在，再往前追溯數百年的話，情況又大有不同就是了。不過這都無所謂，你想說什麼？』

「……也就是說，你是……」

他感到口乾舌燥，便嚥了下一口唾沫。

「〈十七獸〉之一……沒錯吧？」

緹亞忒瞪大眼睛，嘴巴一開一合的，似乎想說什麼。她抓住費奧多爾的袖子，凝視著無人的自走車。

『哈哈！』

黑髮男子笑了。可以看到他的右眼閃爍著詭譎的金色光芒。對於這個問題，他的態度已經是最好的回答。

「這樣啊。」

費奧多爾也笑了。

威脅懸浮大陸群的存在。萬物的仇敵。將黃金妖精逼上戰場的元凶。無關善惡的最可怕災禍。

他真的是中大獎了。

緊張、歡喜、恐懼與希望的情緒，讓他的身體止不住地震顫。雖然是相當不得了的一張凶牌，卻毫無疑問是他現在正需要的強力底牌。

「——這樣的話，我們重新打個商量吧，黑瑪瑙。」

既然語言相通，而且也知道對方的願望的話，就有辦法進行交涉。有辦法進行交涉的話，就可以控制和利用。只要有墮鬼族的……不對，只要有費奧多爾・傑斯曼的三寸不爛之舌，便有可能辦到。

「能不能把你的力量借給我呢？」

於是，費奧多爾帶著一股奇妙的熟悉感，如此提議道。

「**我要讓懸浮大陸群墜落。**」

5. 菈琪旭、遺跡兵器與沉睡在其中之物

不知道費奧多爾現在在做什麼。

即使沒有自己，他應該也不會感到寂寞吧。

……不對，如果他真的完全不感到寂寞的話，也滿令人難過的。她希望他能有一點點寂寞。不過，要稍微記在心上。雖然她並不是想傷害他，但還是希望能稍微留下一點淡淡的傷痕之類的。她現在就是這種微妙而又纖細的心情。

（——不對，我到底在想什麼啊？）

她長長地嘆出一口氣。

也許是因為在想這種事情，她遲遲無法入眠。

她打開窗戶，仰望天空。

高速流動的灰雲覆蓋了大半部分的天空。又大又耀眼的月亮好幾次隱沒於灰雲當中，

然後又喘不過氣似的現身。

「……這天空看了真討厭。」

菈琪旭小聲嘀咕道。

同寢室的瑪格正躺在床單上，如同字面意思地縮成一團睡覺。似乎是平常就過著必須把身體藏在狹小處的生活，所以身體已經養成了這樣的習慣。她那種抱著膝蓋的姿勢，純就觀賞角度來看的話，實在非常可愛。

「而且……」

風很潮溼，又瀰漫著一股怪異的氣息。

那是試圖將氣息掩藏起來的氣息，以及躡起手腳行動者的聲音。

菈琪旭判斷對方有加害之心。有人想要加害於其他人。而且不止一兩個人，是十人以上的集團，靜靜地把這棟大宅邸的用地包圍了起來。

——似乎沒有立刻就要攻進來的跡象。

菈琪旭瞇起眼睛，在薄薄的睡衣上再披一件針織外套，然後便離開了房間。

憑藉從窗外映照進來的月光，她在又暗又長的走廊上走著。

正前方有小型提燈的燈光在搖晃。隨著那燈光緩緩地愈來愈接近，一名貓頭侍從的身影便從黑暗中浮現出來。

「原來是您啊……我差點以為是可疑人士。」

侍從身上未見一絲驚慌，只是淡淡地說道。

「現在已是休息時間，還請客人您回房去吧。」

「我想說的是那些可疑人士，他們已經圍上來了，你有發現嗎？」

說著，菈琪旭指向窗外。侍從只瞥了那方向一眼，隨即像是恍然大悟一般說道：

「原來客人您是察覺到那個了啊？您還真是相當神經質呢。」

感覺這不是誇獎人的話。

「那是貴翼帝國的潛伏士兵，不會造成什麼實際上的損害，就像是夏天的小飛蟲一樣。您大可安心休息。」

「真的嗎？他們的人數和訓練程度都還滿像一回事的。」

「正是這個緣故。他們是一個組織。並且，組織之間的鬥爭與動用槍劍那些野蠻道具的糾紛完全不同。不會有人意圖加害於大名鼎鼎的比魯爾巴盧恩霍姆隆恩家，科里拿第爾契市不存在這樣的無謀之輩。」

——比魯……爾……咦，什麼？

雖然沒聽清楚一個專有名詞，但她知道重問一次的話，一定會惹對方不愉快，便決定忽略過去。

「意思是，因為很了不起，所以沒人敢惹嗎？」

「雖然這麼說很拙劣，但理解是對的。比魯爾巴盧恩霍姆隆恩家是最古老的貴族之一。若對其揮刃相向，就代表要與科里拿第爾契市的歷史與榮譽為敵。再如何愚蠢無知之輩，也沒那麼容易能下定決心動手。」

「唔嗯……」

她不太清楚侍從如此自信滿滿地斷言的根據在哪裡，但還是用鼻子應了一聲。

「科里拿第爾契市是一座美麗的城市對吧？」

「咦？嗯，是啊。」

「四百多年以前，這座城市就已經落成得相當美麗，存在於這片天空。是尊貴不凡的獸人祖先成就了這一切。我們始終為此感到自豪。」

「這樣啊。」

「是的，這份自豪是屬於我們的，也只屬於我們，絕對不會讓給最近才強行踏進這裡的人士。」

……嗯，隨從想表達的意思，她也並不是不懂。

隨從剛才的主張，簡單來說，就是這個意思。他們的父母蓋了一棟美輪美奐的宅邸。繼承了這棟宅邸的他們，在這裡過著快樂的生活，結果卻有獸人以外的陌生人冒冒失失地闖進來，還說著「我家很漂亮吧？」之類的話，開始向周遭的人炫耀。他們認為這麼做是錯的，絕不能原諒。

這是片面的道理。

而且，也只是片面的道理。雖然不斷強調著獸人這兩個字，但這是為了告訴自己握有把這份榮譽據為己有的正當性，才端出這套對他們來說最有利的分類方式。只要稍微從不同的角度來看，其實也可以說：本只屬於四百年前的人們的榮譽，卻被現在活著的人們擅自拿來大肆宣揚。

麻煩的地方在於，他們是打從心底堅信這如同騙術一般的道理。相信的人不會保有懷疑，而不抱有懷疑，就不會做出改變。不論誰跟他們說什麼，他們大概到死為止都會追隨自己所相信的事物。

（……別去刺激他們應該是最省事的吧。）

她露出模稜兩可的笑容，搔了搔臉頰。

撇開榮譽之類的事情不談，現今的狀況恐怕就是如此。

潛伏在科里拿第爾契市的貴翼帝國士兵，出於某個理由而在覬覦這棟宅邸裡的某樣東西。從對方的角度來看，他們是想動用武力立刻解決掉這件事。然而，這個叫比魯爾什麼的貴族家，擁有他們無法忽視的財力與權力。要是隨便挑釁的話，在政治方面就會變得相當麻煩。所以他們只能像那樣遠遠圍起來監視，伺機而動。

「不過，既然沒有危險就算了。我們本來就是寄人籬下，只是想說有幫得上忙的地方的話，我可以助你們一臂之力——」

她忽然冒出一個疑問。

「——說起來，我還不知道所謂的交換條件是什麼。」

「您的意思是？」

「你們希望我們做什麼呢？你們如此厭惡獸人以外的種族，卻在鷹翼種的介紹下而願意招待無徵種進屋子，一定是有什麼事情要讓我們做吧？」

侍從明白地微微頷首。

「關於這件事，如果是戰鬥的話，我應該可以發揮不少作用。但除此以外的話，我可沒有什麼了不起的技能喔。」

「不，沒關係。金子有金子的用處，石頭有石頭的用處。我們已經為您準備好適合您的特殊任務了。在那天來臨之前，還請您再稍候一陣子。」

「賣關子啊……所以說，內容還是祕密？」

「還請您多多包涵。」

侍從深深地彎下腰。

雖說目的地是一時興起而決定好的，但姑且算是在趕路當中，她不想拖太久。然而，她也沒有立場強行推動這件事，這是無庸置疑的事實。

「我去睡了。」

沒有其他要說的事情了。如此判斷之後，她便轉身回房。

「祝您有個好夢。」

侍從手中提燈的光芒在她背後搖曳著，並逐漸遠去。

投射在走廊上的影子跳起了怪異的舞蹈。

——總而言之，看來不會是什麼好事情啊。

她打了個呵欠。

菈琪旭跟許多人一樣不喜歡麻煩事。而這棟宅邸似乎集合了各種特別麻煩的事情。她想盡可能早點解決掉那個棘手的要事，然後去搭乘飛空艇。

為此，首先要攝取睡眠。她這麼想著，在走廊上邁開步伐。

『一片遼闊的紅色世界』

——咦？

菈琪旭停下腳步。

她感覺到一瞬間的暈眩，接著，看到了如同幻覺般的景象。

『爛糊糊的』『某種東西壓碎的聲音』

『爛糊糊的』『壓碎某種東西的觸感』

「什……」

她的臉頰冰冷，不知不覺間整個人已趴倒在地上。

手腳都使不上力。她想用顫抖的手臂支撐自己站起來，但試了好幾次都沒成功。

這是毫無預兆，突如其來的異狀。她根本沒有做好覺悟，也沒有任何心理準備，所以她陷入了混亂。別說去應對，根本連狀況都無法掌握，她不知道發生了什麼事，也不知道自己怎麼了。

更不知道有什麼事情即將要發生。

然而，唯有一件事。在無法正常運轉的思維中，不知為何，她有一件能夠確定的事。

那就是，她知道這種感覺。

她曾經有一次，甚至可能有很多次，接觸過這樣的感覺——

『如垃圾般崩落的某人』

『燃燒旺盛的火焰』

『止不住的悲鳴』『暴風雨之夜』『燃燒墜落的飛空艇』『後悔』

「——啊……」

好幾個片段的意象，瞬間橫穿過眼前而去。

好幾個片段的記憶，瞬間敲動心中的水面後消失。

『灰色的大地』『想活下去』『不可取代的目的』『無明之夜』『納莎妮亞』『纏上腳踝的無數隻手』『無法實現的夢想』『終結的現實』『如同笑聲般的尖叫』『無盡的洞穴』『穆罕默達利．布隆頓隨軍研究醫師』『渴望故鄉的聲音』『遺跡兵器莫烏爾涅』『想歸返的強烈心情』『無邊無際的灰色沙漠』『織光的第十四獸』『心在灼燒』『連結』『束縛』『吞噬』『然後』

這個是。

沒錯。

是愛洛瓦的。

妖精兵愛洛瓦．亞菲．穆爾斯姆奧雷亞的。

臨終前的。

記憶。

即將被莫烏爾涅。

吞噬殆盡。
崩壞。
消逝。
之際的。
「——啊啊啊啊啊！」
精神崩壞，而肉體抗拒這件事。她用彷彿要把喉嚨撕裂般的力道，吐出積存在肺裡的所有空氣，發出了尖叫聲。
她的五根手指的指甲隔著睡衣戳刺胸口，像要扯碎似的撓抓著。疼痛起到了一點維繫心靈的效果。
「啊啊啊啊啊啊啊啊啊啊啊啊啊啊啊啊啊啊啊！」
原本沒能想起來，她一直忘記要去回想起來。過去的愛洛瓦·亞菲·穆爾斯姆奧雷亞是在哪個地方，用怎樣的方式與什麼樣的敵人戰鬥然後死掉的。這個線索明明確實存在她的心中，她卻下意識地抗拒去接觸它。
而那些記憶，現在接二連三地甦醒了。

與納莎妮亞的爭鬥；染紅的頭髮；被彈飛的黃金蜜酒；從遠方傳來的叫喚聲；某個侵入心中的意識；遙遠的，某個人的記憶；對於飄浮在這片天空的一切事物，湧起無止境的憤怒與憎恨；腦海裡浮現出的灰色沙漠的情景，以及對其感到懷念的心情。

「啊……啊啊啊啊……啊……」

心靈逐漸在剝落而去，她可以確切感受到這一點。

封印在她體內深處的東西，即將要破殼覺醒。她很確定。

再這樣下去，她就要消失了。她有這樣的預感。

「緹亞……麗寶……可蓉……」

她就這樣匍匐在地，舉起沾滿自己鮮血的手，伸向虛空之中。

然後斷斷續續地，呼喚著應該是與自己相當親暱的人們的名字。

「費奧多……爾……」

她的手握成一個拳頭。

拼湊隨時都會耗盡的體力，鼓起幹勁。

（不會——現在就結束。）

她已經很幸運了。得到超出期望的幸福，活到了現在。這一點無庸置疑，而且她也不打算要懷疑。只不過，她心中還有著依戀。

她本來就已經死了，而且又處於應該要趕快去死的立場，卻厚顏無恥地渴望著活下去。她選擇難看地爬著活下去。既然如此，她理所當然不可能在這種地方屈服於這樣的對手。

就算分隔兩地，她也想要與費奧多爾看向同一方向。她如此希冀，如此盼望。所以抬起頭看著前方吧。這就是與那個溫柔的墮鬼族相互混合，受到他吸引，為他感到心焦的人應具備的責任和義務。

「好久不見。你還是老樣子嘛，完全不管對方的意願，就這樣熱情地緊逼過來——」

咬破的嘴唇滴下了鮮血。

「可是啊，不好意思，出於女人的意志這個因素，我是不會像上次一樣那麼簡單地就任你掌控的。想要我的心的話，就給我做好打持久戰的覺悟吧，莫烏爾涅——」

失去焦點的眼神望向前方的黑暗，她臉上浮現出顫抖的笑容。

「——不，是〈織光的第十四獸(Vincula)〉——！」

†

比魯爾巴盧恩霍姆隆恩家所屬第七別墅的大金庫。

在緊緊封住的鋼鐵房間中央，安置著一把劍。

那是一般體型的種族無法用單手揮動的紅灰色巨劍。

並且，其劍身彷彿是用無數金屬片接合而成似的，布滿數不清的裂痕。

那些裂痕微微地打開了。

在裂痕內側，金屬片之間的連接處，湧現出微微的光芒。

如果知道遺跡兵器的人來看的話，應該會知道這是呼應適用者的魔力，劍在「催發」時的現象。但是，這個金庫裡當然沒有人在。握住劍柄的人不用說，目擊到這一幕的人也不存在。

劍的催發只有短短片刻。

光芒逐漸變淡，不久便消失不見。
裂痕闔上，劍恢復成原本的模樣。
然後——遺跡兵器莫烏爾涅，再次於黑暗中沉默。

「惡之自尊」

-the ultimate bad king-

那是平淡無奇的玩具。

棋盤遊戲的棋子是從白色的石頭削下來雕琢而成的。做成矮胖士兵模樣的棋子，記得在棋盤遊戲中被賦予了突擊槍兵的職責。會從左右兩邊防守棋盤中央由戰車開拓出來的道路，控制戰況。雖然不會發揮出什麼亮眼的作用，但光從配置這種棋子的方式，就能看出下棋人一定程度的能力，是相當重要的棋子——以前讀過的一本書上是這麼寫的。

歐黛．岡達卡從沒有自己玩過這種棋盤遊戲。所以，她沒有實際感受過棋子的強度、作用及重要性，對此並不了解。所以，她在把玩棋子時，心裡想的其實是其他事。

從前，有兩個孩子曾用這種棋子快樂地玩遊戲。

那是白髮的少年以及黑髮的少女。

當時那兩人都不滿十歲。年幼的他們坐在小小棋盤的兩邊，在上面無數次無數次地展開虛構的戰爭。

『什麼是魔王啊？』

少女這麼問道。她指著的方向，是一枚削得比其他棋子大上一圈，有著不祥形狀的黑色棋子。沒記錯的話，那枚棋子就稱作魔王。

『只是一個邪惡的國王嗎？』

魔王。原來如此。被這麼重新一問的話，確實是相當難定義的字眼。

憑直覺來看，她覺得少女的說法也沒有錯。然而回顧歷史，推動暴政的王和集結惡漢的王都數不勝數，但如果全都用魔王這個字眼來稱呼他們的話，也實在說不過去。

女子稍作思忖。

『——只有邪惡是不夠的。要非常非常非常地邪惡，邪惡到「光是這傢伙死掉，全世界的人都會得到幸福」這種程度的邪惡國王才行。』

『幸福……嗎？』

少女也許聽懂了字面意思，但沒有真正理解話中含義，因此只是一臉茫然地回了一個疑問句。而另一邊——

『就是故事的舞臺裝置啊。那傢伙是一切罪惡的元凶，只要消失的話，世界上所有的罪惡都會消失。背負所有罪孽以及所有汙穢，從故事中退場的最崇高聖者。那是為了創造出更美好的世界而準備的終極祭品。』

男孩用得意洋洋的表情說出一點都不可愛的話。

『好厲害。讓大家都獲得幸福真的好厲害喔。必須去打敗他才行，對吧。』

不知少女聽懂了多少，只見她用有些興奮的表情這麼說道。女子露出苦笑，說著『可是啊』，然後用指尖戳了戳棋盤上的一枚棋子。

『那樣的惡人只存在於故事中。現實中不管發生什麼事，都不可能會有幸福快樂的結局……因為沒有人願意結束。』

『那就由我來當啊。』

少年用鼻子哼了一聲。

女子在想，區區一個小鬼頭也敢大放厥詞。不過，墮鬼族的小孩當然會嚮往當一個大壞蛋，這是很健全的想法。她覺得用感到欣慰的心情溫柔地在一旁守護也不錯，但是……

『這是不可能的。』

她乾淨俐落地斬斷了幼小少年述說的夢想。

『那可是惡人中的惡人，誰都不會可憐他，也不會為他哭泣，是必須去死的人喔。費奧多爾你這麼怕寂寞，怎麼可能當得了呢？』

什麼嘛。少年噘起了嘴。

『姊姊妳就當得了嗎？』

他這麼做出了反擊。

『我？我的話——這個嘛——』

女子想了想。

思考著，然後——她是如何回答的呢？

「不過……怎樣都無所謂吧。」

女子喃喃說著，中斷了回憶。

回憶很美，相較之下，現實是如此骯髒。過往或許可以給予人力量，但使用那個力量所能做到的，只有活在這個當下而已。

她環顧四周——這裡是郊區旅店的一個略髒的狹窄房間。稱得上家具的只有一張潮溼的床以及掛在牆上的銅鏡。要是至少放一朵花做裝飾的話，感覺心情會變得比較好一些。

她在床上鋪了自備的毛毯，然後坐在上面。

手中緊握著玩具棋子，她沒有回憶過去，而是開始思考現在的事情。

「大賢者已經死了。」

她輕聲說道。

「最後的星神也消失了，黑燭公他們地神的力量也已用盡。維持懸浮大陸群的力量已經沒有了，降落到地表的計畫也趕不及。渴望活下去的人們的心與羈絆，無論何時都會踐踏其他想要活下去的人——」

劇烈的頭痛讓她眉頭緊鎖。

歐黛是墮鬼族。而墮鬼種被認為擁有透過眼瞳魅惑他人的力量。這是事實，同時也是很大的誤解。那股力量的本質並非魅惑，而是精神的混淆。他們是將自己的人格、記憶和感情等混合物，從自己體內流入對方的心中，並且將對方的部分吸收過來。以結果而言，這樣可以直接對他人的精神造成巨大的影響。

當然，這是風險極大的行為。使用這個力量，也代表要把他人的精神納入自己體內。這是相當龐大的負擔。要是放著不管的話，精神就會崩壞。

也或許，換作是古代的墮鬼族，那些惡魔之血還很濃厚的祖先的話，情況就有所不同了也說不定。不過，身在現代的他們血統稀薄，沒有那樣的強度。為了防止自身崩壞，必須殺死對方，消滅其心靈。

到這裡為止是前提，接下來則是問題。

如果維持精神的對方是不死的存在，身為施術者的墮鬼族將會如何呢？

「——活在這個『懸浮大陸群』的人已經沒有時間了。我所愛的人也好，**妳**所愛的人也罷，大家都一樣，已經不被允許有未來。這真是令人感到悲傷呢。噯，**妳**也是這麼想的吧……」

她的視線移往牆壁，看向那一面有點模糊的銅鏡。

鏡中當然只有郊外旅店這間有點髒的狹窄房間的景象，映照出了潮溼的床以及蓋在上面的一張毛毯。

然而，坐在上面的，卻不是這名女墮鬼族。

「……奈芙蓮．盧可．印薩尼亞？」

鏡中是一名灰髮少女，臉上看不出任何表情，只是微微地垂著頭。

後記／後面已經就緒

任何人都曾活在過去，任何人都活在現今，但是，未來只是一張白紙，任何人都看不到活在那裡的人們的身影。在不斷縮減的世界一角，每個人都許下願望，希望某個人能夠活在明日——

用這樣的感覺為大家獻上的本系列《末日時在做什麼？能不能再見一面？》第四個章節進入佳境了！是說，科里拿第爾契市篇並沒有在這一集完結喔！儘管在上一集後記寫說「類似上下集」，但其實是上中下集喔！姊姊們和學姊們真的別太搶戲了啦！

來自前作的會合者終於毫不留情，毫不客氣地蜂擁而至。那空白的五年之間發生了何事，誰又出現了什麼樣的改變。一點一滴逐漸明朗的過去記憶，將慢慢地照亮未來。

將會以這樣的感覺為大家獻上，下一集肯定會有暢快淋漓的戰鬥場面。騙你們的。

不提這個了，來談談動畫吧。沒錯，請讓我談談動畫的事情。

如同前情提要所介紹（宣傳）的，前作《末日時在做什麼？有沒有空？可以來拯救嗎？》在今年春天製作為動畫作品，也已經播出了。為期三個月的播映，讓許多人在茶餘飯後的時間，見證了珂朵莉．諾塔．瑟尼歐里斯在十五年的人生中奮力奔馳的模樣。

哎呀，這真的是很厲害。尊重原作的同時，也絕對沒有被固定住框架，確實呈現出唯有在動畫版才看得到的《末日時（略）》。雖然與原作的珂朵莉用稍微不太一樣的形式，但無庸置疑地，動畫的珂朵莉也得到了世界第一的幸福。

現在也能上「Netflix」等影片發布網站觀賞，不管是沒能看到的人，還是不小心錯過的人，當然也包括想再重看一次的人在內，都請務必前去與那片天空的妖精見面吧。

ＤＶＤ和ＢＤ也開始發售了，這部分還請大家多多支持。

那麼，但願我們能在某片總有一天會放晴的遙遠天空下面再會。

二〇一七年　夏

枯野瑛

國家圖書館出版品預行編目資料

末日時在做什麼？能不能再見一面？/ 枯野瑛作；鄭人彥，Linca 譯. -- 初版. -- 臺北市：臺灣角川，2018.03-
冊；　公分

譯自：終末なにしてますか？もう一度だけ、会えますか？
ISBN 978-957-564-076-7(第 2 冊：平裝). --
ISBN 978-957-564-242-6(第 3 冊：平裝). --
ISBN 978-957-564-429-1(第 4 冊：平裝). --
ISBN 978-957-564-690-5(第 5 冊：平裝)

861.57　　107000207

Kadokawa
Fantastic
Novels

末日時在做什麼？能不能再見一面？ 5

（原著名：終末なにしてますか？もう一度だけ、会えますか？#05）

2019年1月19日　初版第1刷發行
2022年6月15日　初版第4刷發行

作　者：枯野瑛
插　畫：ue
譯　者：Linca

發行人：岩崎剛人
總編輯：蔡佩芬
編　輯：楊芫青
美術設計：李思穎
印　務：李明修（主任）、張加恩（主任）、張凱棋

發行所：台灣角川股份有限公司
地　址：104台北市中山區松江路223號3樓
電　話：（02）2515-3000
傳　真：（02）2515-0033
網　址：www.kadokawa.com.tw
劃撥帳戶：台灣角川股份有限公司
劃撥帳號：19487412
法律顧問：有澤法律事務所
製　版：巨茂科技印刷有限公司
ISBN：978-957-564-690-5